L'ours

ANDREW KRIVAK

L'ours

ROMAN

Traduit de l'anglais (États-Unis)
par Héloïse Esquié

J'AI LU

TITRE ORIGINAL
The Bear

ÉDITEUR ORIGINAL
Bellevue Literary Press, New York

Nous n'avons pas deviné son essence avant très longtemps.

Ralph Waldo EMERSON

Les deux derniers étaient une fille et son père qui vivaient le long de l'ancienne chaîne de l'est sur le flanc de la montagne qu'on appelait la montagne isolée. L'homme était venu là avec une femme quand ils étaient jeunes et ils avaient construit une maison en bois avec des pierres arrachées au sol et du ciment confectionné en faisant chauffer du calcaire dans un feu. Elle se situait à mi-pente de la montagne et donnait sur un lac entouré de bouleaux et de buissons de myrtilles gonflés en été de volumineuses grappes de fruits que la fille et son père cueillaient en naviguant tous les deux le long de la rive dans un canoë. Par une petite fenêtre à l'avant de la maison – le verre, cadeau que les parents de la femme lui avaient fait après l'avoir hérité eux-mêmes de la génération précédente, était devenu un bien extrêmement précieux car la technique pour le fabriquer s'était perdue et oubliée –, la fille voyait des aigles attraper des poissons dans les hauts fonds d'une île qui s'élevait au milieu du lac et entendait les cris des plongeons huard dans le matin pendant que son petit déjeuner cuisait dans la cheminée.

En hiver, la neige arrivait peu après l'équinoxe d'automne et visitait encore la montagne des mois après le début du printemps. Les tempêtes duraient des jours voire des semaines d'affilée, les congères se formaient, hautes, contre la maison et enfouissaient les chemins jusqu'à la cime de certains arbres. Souvent l'homme devait patauger dans la neige afin d'aller chercher du bois pour le feu, ou s'attacher une corde autour de la taille pour s'aventurer jusqu'à sa cabane à outils en lisière de la forêt.

Mais lorsque les vents se calmaient, que les ciels s'éclaircissaient, et que le soleil bas brillait de nouveau, l'homme enveloppait la petite fille comme un paquet pour lui tenir chaud, sortait dans le silence de l'hiver, et glissait sur des raquettes de branches de frêne et de cuir brut jusqu'au lac gelé, où tous deux passaient la journée à pêcher truites et perches dans un trou de glace.

De la cime de la montagne au lac, la neige recouvrait une si grande partie de l'univers de la fille que, près de la moitié de l'année, tout ce qu'elle voyait en regardant par cette fenêtre était un paysage au repos sous un manteau blanc.

Et pourtant, quelle que soit la longueur de l'hiver, le printemps faisait suite, son arrivée douce et, quelque part, surprenante, telles les notes d'un chant d'oiseau au réveil ou le floc de la gouttelette de rosée tombée d'une branche. À mesure que la neige fondait, des rochers noirs, du lichen gris et un tapis de feuilles marron se détachaient de la palette auparavant uniforme du sol de la forêt, et les silhouettes minces, argentées des arbres commençaient à se parer de vert tendre sur le fond de ciguë et de sapins. Ces jours-là, la fille quittait la maison au matin avec son père pour étudier un nouveau monde qui jaillissait de la boue de la forêt et de l'eau au bord du lac ; elle s'allongeait par terre sous un soleil chaud et se demandait si l'univers et le temps lui-même étaient pareils au faucon et à l'aigle qui s'élevaient au-dessus d'elle en arcs longs qu'elle savait n'être qu'une partie de leur vol, car ils avaient dû s'élancer de quelque part et retourneraient vers ce lieu par elle encore jamais vu, un lieu encore inconnu.

Il y avait, cependant, parmi les quatre saisons, un jour que la fille aimait par-dessus tout. Le solstice d'été. Le jour le plus long de l'année. Le jour où elle était née, lui avait dit l'homme. Et il avait pour tradition d'offrir un cadeau à sa fille ce soir-là. Elle ne se rappelait pas avoir reçu les premiers, mais ne les chérissait pas moins. Un oiseau en bois sculpté, tellement réaliste qu'on aurait cru qu'il pouvait voler. Un sac en peau et tendons de cerf ayant appartenu à sa mère, dans lequel elle conservait des pierres colorées glanées le long du lac. Un gobelet façonné dans un morceau de chêne dans lequel elle buvait. Une tortue peinte qui s'était échappée lentement des mains de l'homme quand il les avait dépliées, et qu'elle avait gardée comme animal de compagnie pendant l'été, puis relâchée au bord du lac à l'automne.

Le jour où la fille eut cinq ans, après dîner, son père lui donna un bol de fraises fraîches et dit : Ce soir, j'ai un cadeau spécial pour toi.

Il lui tendit une boîte en écorce de bouleau, autour de laquelle était noué un long brin d'herbe sèche. Elle défit la boucle et ouvrit la boîte. À l'intérieur se trouvait un peigne en argent au lustre éclatant qui ne ressemblait à rien qu'elle ait jamais vu.

Elle le fixa des yeux un long moment, jusqu'à ce que l'homme brise le silence.

Il était à ta mère, dit-il. J'attendais pour te le donner. Quand je t'ai vue te débattre avec ta chevelure au bord du lac, j'ai pensé : C'est pour cette année.

Elle plongea la main dans la boîte, sortit le peigne, et le tint comme une chose délicate, sacrée.

J'adore, dit-elle doucement, puis elle referma la main sur le peigne, se jeta dans les bras de son père et l'embrassa.

Du plus loin qu'elle s'en souvienne, c'était la voix de l'homme que la fille entendait dans son oreille, donc elle ne se demandait jamais s'il se pouvait que quelqu'un d'autre lui ait autrefois parlé ainsi. Mais lorsqu'elle fut assez grande pour s'aventurer dans les bois ou au bord du lac, elle commença à remarquer une chose au sujet des animaux. Il y avait deux renards qui entraient et sortaient en courant de leur tanière sous un tronc avec leur horde de petits. Deux plongeons huard escortaient leur petit pour traverser les eaux profondes du lac chaque été. Et lorsqu'elle voyait des biches brouter au printemps dans un petit pré au pied de la montagne, il y avait des faons à leurs côtés. Une fois que la fille se fut entraînée à passer le peigne dans ses cheveux, que son père l'eut couchée et lui eut donné un baiser de bonne nuit, elle le regarda et lui demanda : Pourquoi tu es seul ?

L'homme s'agenouilla à son chevet.

Je ne suis pas seul, dit-il. Je t'ai, toi.

Je sais, dit la fille. Mais ma mère, elle est partie où ? Partout autour de moi je vois des objets dont tu me dis qu'ils étaient à elle. Mais elle n'est pas là.

Elle est là, dit-il. Dans nos souvenirs d'elle.

Mais je ne me souviens pas d'elle. Qu'est-ce qui lui est arrivé ?

L'homme baissa la tête puis la releva et expliqua à sa fille que, lorsque lui et la femme étaient venus construire leur maison dans la montagne, après avoir enterré leurs parents, la femme représentait la totalité du monde qu'il connaissait. Il avait cru, pendant un temps, que tous deux allaient vivre seuls dans ce monde pour le restant de leurs jours. Jusqu'à ce qu'elle découvre qu'elle allait avoir un enfant.

Moi, dit la fille.

Toi, confirma l'homme. Mais lorsque l'heure est venue, elle a dû batailler énormément pour te mettre au monde. Après cette bataille, elle ne pouvait plus rien faire que te nourrir et se reposer. Elle était forte. Assez forte pour passer l'été et une partie de l'automne afin de te donner tout le lait qu'elle avait à donner. Mais je savais que ce n'était qu'une question de temps avant qu'elle nous quitte pour ce lieu où la bataille de porter un enfant l'avait menée, et que ni toi ni moi ne pourrions l'y suivre. Et un soir, avant la lune du chasseur, elle s'est endormie et ne s'est pas réveillée.

L'homme se détourna un moment pour contempler la pénombre, puis regarda de nouveau sa fille. Elle se redressa et sortit sa main des couvertures pour prendre celle de l'homme dans la sienne.

C'est pas grave, dit-elle. Je comprends.

Il sourit et dit : Tu es une fille intelligente. Mais il y a encore tant de choses que tu ne peux comprendre. Tant de choses que tu ne devrais pas être obligée de comprendre. Pas encore.

Comme quoi ?

Eh bien, par exemple que, même après toutes ces années, des années au cours desquelles j'avais à penser à toi chaque minute de chaque jour, je pense encore à elle. Elle me manque encore et je voudrais qu'elle soit là.

La fille reposa sa tête sur l'oreiller.

Est-ce que tu me manqueras un jour ? demanda-t-elle.

Un jour, dit l'homme.

La fille se tut alors et l'homme pensa qu'elle s'était peut-être endormie, mais elle reprit dans la pénombre, par une question : Tu es triste de m'avoir à sa place ?

Oh non, pas une seconde ! répondit l'homme d'une voix trop forte pour la pièce, et il serra plus fort la main de la fille. Pas une seconde. Tu comprends, tu es ma joie, au-delà de toute tristesse ou regret qu'il me reste du passé. Sans toi…

Il laissa sa phrase en suspens et regarda fixement le sol, puis de nouveau sa fille.

Sans toi je ne serais rien, juste seul, dit-il.

Et sans toi je serais seule, répliqua la fille.

Un semblant de clair de lune avait commencé à s'insinuer par la fenêtre avec le crépuscule d'été, et l'homme voyait des traces de la femme dans le visage de la fille.

Je sais ce qu'on va faire, dit-il. Demain, on montera au sommet de la montagne où repose ta mère. Elle adorait cette montagne. Elle disait toujours que la cime ressemblait à un ours. Je veux que tu la voies aussi. Ça te plairait ?

Oui, dit la fille.

Bien, chuchota l'homme, et il l'embrassa sur le front une seconde fois et remonta bien les couvertures. Alors repose-toi bien. Une grande ascension nous attend demain.

La fille roula sur le côté et se recroquevilla sous sa couverture et, avant que la lune ait quitté la fenêtre, elle s'était endormie.

Elle se réveilla à l'aube, au chant d'un oiseau moqueur, et se rendit dans la cuisine, où son père préparait un petit déjeuner de tranches de pomme séchée et d'infusion de menthe.

C'est une belle matinée, dit-il à sa fille. Mange, et ensuite on se met en route.

La fille se frotta les yeux et s'installa à table. Elle s'était réveillée plusieurs fois dans la nuit et n'avait pas bien dormi. Elle avait fait un rêve dans lequel elle était perdue quelque part entre la cime de la montagne isolée et leur maison. Mais même si elle n'était pas certaine de pouvoir, ni même d'avoir envie d'effectuer cette ascension ce matin-là, elle garda ces pensées pour elle. L'homme avait expliqué que sa mère reposait dans la terre au sommet d'une montagne, elle allait donc essayer de toutes ses forces d'y arriver, pour elle autant que pour lui. Elle mangea en silence, but son infusion et remplit une gourde d'eau. Puis elle enfila ses épaisses chaussures en peau de cerf pour marcher sur les rochers et dit : Je suis prête.

Il y avait une piste. Peu empruntée, mais visible. Le premier segment n'était pas plus difficile que le chemin entre la maison et le bord de l'eau. À mesure qu'ils grimpaient, cependant, le terrain devint plus rocailleux, le sentier plus raide. Quand le soleil eut fini de se lever, comme les rives est et ouest du lac se retrouvaient en pleine lumière, ils franchissaient depuis un moment les derniers rochers à quatre pattes. À mi-chemin, ils se reposèrent sur un affleurement de pierre.

La fille but un peu d'eau et mangea une poignée de noix de pécan. Son front était en sueur et ses jambes l'élançaient, mais il n'était pas question de revenir en arrière. D'après ce qu'elle pouvait voir depuis leur observatoire, l'escalade jusqu'au sommet semblait plus difficile que le chemin parcouru.

L'homme se demandait à quoi elle pensait. Il dit : Ta mère et moi, nous grimpions ici tous les étés, mais nous étions déjà adultes. Tu sais ce que ça veut dire ?

La fille quitta des yeux la cime de la montagne pour les poser sur son père et répliqua : Que je suis plus forte que toi.

Oui, répondit l'homme, et il rit. Et quelque chose me dit que tu le seras toujours.

Il se leva et vérifia le contenu du sac dans lequel il transportait les objets qu'il prenait toujours lorsqu'il sortait de la maison. Couteau, silex et acier, aiguille d'os et fil de tendon, noix, et sa propre gourde pleine d'eau.

On fera une autre pause, promit-il, et il se mit en route vers le sommet de la montagne.

Sa fille se leva et le suivit.

À midi passé, d'après l'estimation de l'homme, ils atteignirent une saillie escarpée à la base du sommet. L'air était frais, le ciel lumineux et sans nuages. Une brise forte et régulière fouettait leurs habits de peau au niveau des coudes et dans le dos. Ils observèrent un aigle qui dérivait comme une feuille d'automne solitaire et rebelle sur un courant d'air chaud. L'intégralité du monde qu'ils connaissaient s'étalait à leurs pieds. Flanc de montagne. Forêt. Lac.

La fille demanda à son père si l'on pouvait voir la maison, et elle suivit son regard vers une petite tache de bardeaux de chêne blanc, à l'arrière de ce qui était le toit, lequel se détachait sur la couverture infinie de vert, avec la mince volute de fumée qui s'élevait de la cheminée. Puis elle se retourna pour regarder la cime, qui n'était plus qu'à vingt bons pas, sa roche dentelée privée d'arbres et exposée à d'innombrables jours de soleil, de neige, de vent et de pluie. Derrière la crête, il n'y avait que le ciel, si bien que de profil la forme de ce sommet ressemblait, à ses yeux aussi, à la tête d'un ours contemplant l'étendue bleue. Et sur le côté, comme sur une épaule qui serait rattachée à cette tête, elle remarqua un cairn surmonté d'une grande pierre plate. Elle sentit sa sueur se rafraîchir dans le vent qui poussait ses bras et sa poitrine, leva les yeux vers son père et désigna le tas. Il hocha la tête et ils firent ces derniers pas ensemble.

Le cairn était large mais pas plus haut qu'un sapin nain. La pierre plate posée dessus, avec sa surface lisse dépourvue d'ornement, ressemblait à une table. La fille resta plantée à distance, se demandant comment son père avait soulevé la pierre pour la placer là.

Vas-y, dit-il. Tu peux toucher.

Elle alla poser ses mains sur la tombe, cherchant des doigts des mots ou des gravures qu'elle n'avait peut-être pas vus, mais qui pouvaient tout de même s'y trouver.

Elle est simplement sous les rochers ? demanda la fille sans se retourner.

Non, dit l'homme. Elle est enterrée dans la terre en dessous. Ses restes. Aussi profond que j'aie pu creuser. Je voulais que rien ne vienne la déranger.

Sa main flottait toujours sur le dessus de la pierre.

Comment tu as fait pour soulever ça tout seul ?

Je ne sais pas, dit-il. Je me rappelle seulement que c'était un jour d'automne quand j'ai commencé, et qu'il neigeait quand j'ai fini et redescendu la montagne avec toi.

Avec moi ?

Oui. Sur mon dos. Dans ce même sac.

Et ça t'a pris si longtemps ?

Non. Ce sont les choses qui changent très vite.

Raconte-moi, dit-elle.

Alors ils s'assirent, adossés au cairn, à l'abri du vent, et l'homme respira un grand coup et raconta. Le matin où, à son réveil, il avait découvert que la femme était morte dans son sommeil, il avait senti que sa grande bataille s'était enfin apaisée et il était resté allongé près d'elle un long moment, jusqu'à savoir ce qu'il devait faire. Il avait sorti la fille de son berceau, lui avait donné de l'eau et des betteraves écrasées qu'il avait fait cuire la veille au soir, l'avait installée dans le sac qu'il avait fabriqué pour la porter, et s'était mis à rassembler des morceaux de bois de toutes tailles, d'abord des bâtonnets et des brindilles, puis des bûches et des rondins entiers d'arbres qu'il avait trouvés tombés dans la forêt. Il en avait fait un énorme tas sur la rive du lac, plaçant les bâtons les plus secs et les plus minces en bas et les rondins et grosses branches qui feraient sa bière sur le dessus. Il ne s'était arrêté que pour nourrir la fille, et le soleil tombait quand il avait terminé. Là, il était remonté à la maison et avait porté le corps de la femme, dans sa couverture, jusqu'à la grève. Il l'avait placée au sommet du bûcher, et y avait mis le feu alors que les étoiles commençaient à percer dans le ciel.

Il avait regardé brûler le bûcher funéraire toute la nuit, sans dormir et, le matin, il s'était levé pour donner son petit déjeuner à la fille, puis il avait gravi la montagne jusqu'au sommet en la portant dans son sac. Il l'avait installée à l'ombre de la saillie en forme d'ours et s'était mis à retirer les rochers d'un carré de terre. En travaillant, il pleurait la femme et parlait à la fille pour qu'elle sache qu'il était toujours là, il lui expliquait que sa mère était forte et belle, mais que le temps était venu pour eux de lui dire au revoir. Lorsqu'il avait eu retiré autant de pierres que possible, et creusé un trou aussi profond que possible, il était redescendu à la maison sous la pleine lune avec la fille.

Il avait dormi quelques heures, sentant la température dégringoler dans la nuit mais n'ayant pas la force d'allumer un feu. À l'aube il était retourné sur la berge du lac pour rassembler les ossements et les cendres de la femme, qu'il avait enveloppés dans la couverture de leur lit. Puis, la fille une fois de plus dans le sac sur son dos, l'homme avait porté les restes de la femme jusqu'à la cime de la montagne isolée, il avait déposé les ossements et les cendres dans la tombe peu profonde, l'avait recouverte de terre, et avait empilé trois couches de pierres sur cette terre.

Et lorsque je me suis relevé et que j'ai regardé vers le nord, dit-il à la fille, j'ai vu que la tempête arrivait. J'ai senti l'odeur de la neige. Je n'allais pas pouvoir revenir avant l'été, et je n'étais même pas certain d'en avoir envie. J'étais furieux. Contre la mort de ta mère. Contre ma solitude. Contre tout dans la nature. C'est là que j'ai remarqué cette pierre. Je tournais autour depuis deux jours sans le savoir. Je me suis penché, je l'ai coincée dans mes bras, et je l'ai soulevée en hurlant, avec toute ma colère et toute ma force. J'ai hurlé tellement fort que tu t'es mise à hurler avec moi, et le vent sur la montagne s'est gonflé de nos hurlements. Mais je voulais quelque chose pour retenir sa mémoire aussi bien que ses restes. Et rien n'a pu m'arrêter avant que je n'aie placé cette pierre exactement où tu la vois maintenant.

La fille garda le silence un long moment. Son père, tête baissée, se taisait aussi.

J'aimerais pouvoir me la rappeler, dit-elle enfin. Quelque chose d'elle. Mais je ne peux pas.

Tu étais trop jeune.

Parfois, pourtant, dans ma mémoire, il n'y a pas que toi et moi. Parfois il y a quelqu'un d'autre. Si près que je ne vois pas de visage. Mais quelqu'un est là avec moi.

L'homme hocha la tête. Je sais, dit-il.

À quoi elle ressemblait ? demanda la fille.

L'homme réfléchit un instant.

Tu la verras la prochaine fois que tu contempleras la surface du lac, dit-il.

Je veux venir lui rendre visite chaque fois que nous le pourrons.

Faisons l'ascension tous les ans, dit l'homme. Le jour le plus long. Le premier jour où nous avons été tous ensemble. Ça lui plairait.

Ça me plairait aussi, dit la fille.

Puis ils se levèrent de leur abri et redescendirent la montagne.

L'homme commença à enseigner à la fille ce qu'il savait du lac et du terrain cet été-là. Il lui montra où plonger pour ramasser les moules qu'ils faisaient bouillir et servaient pour le dîner avec une assiette d'oignons sauvages. Il lui apprit à confectionner un collet à lapin et un dessert de rhizomes de massettes-quenelles et de la confiture de gratte-cul pour accompagner le repas que le collet leur avait permis d'attraper. Il lui montra toutes les étapes de la fabrication d'un harpon de pêche à partir d'un arbrisseau fendu en quatre au sommet, avec les pointes aiguisées et attachées à des écarteurs en pierre, et elle s'entraîna à le lancer sur le poisson qui s'était pris dans le barrage qu'ils avaient construit dans une anse du lac. Il lui apprit à retirer les tendons et à tanner la dépouille des cerfs qu'il avait tués avec un arc en pacanier. À repérer les essaims d'abeilles sauvages à la floraison des gerbes d'or, avant l'équinoxe d'automne, et à récolter le miel dans l'arbre où ces abeilles avaient établi leur essaim. Et, tandis qu'ils se reposaient sur la rive du lac dans la chaleur du jour, il apprit à la fille comment estimer l'heure grâce à la marque de midi qu'il avait tracée sur un vieux bloc erratique érodé, échoué depuis longtemps sur cette rive herbeuse.

Quand les nuits étaient claires, il emmenait sa fille dehors et lui apprenait à regarder le ciel, désignant les étoiles sur l'écliptique en lui donnant le nom des constellations qui y transitaient. En été, elle apprit à repérer le chasseur Sagittaire, le cœur et la queue du Scorpion, et les quatre étoiles brillantes d'Hercule. En hiver, l'ayant équipée de raquettes, son père l'emmena sur le lac gelé et lui montra la grande Orion, son chien Canis Major et Sirius, l'étoile la plus brillante du ciel, celle qui fait la truffe du chien. Et tout au long de l'année ils regardaient la Grande Casserole tourner autour de l'Étoile polaire, laquelle pouvait servir de guide, lui dit-il, si un jour elle ne savait plus comment rentrer à la maison.

Quand la fille fut plus grande, l'homme lui apprit à lire et à écrire, au soleil tardif des soirs d'été et à la lueur de bougies à la cire d'abeille en hiver, lorsqu'on ne voyait plus une étoile dans le ciel. En guise de bloc-notes, il utilisait un morceau de fer-blanc. En guise de crayon, un bâton calciné récupéré dans le feu. Lorsqu'elle commença à maîtriser l'écriture, il lui donna du papier relié entre des couvertures de cuir et un crayon de graphite, qu'il taillait régulièrement avec son couteau. Elle lui demanda un jour où il avait trouvé ce papier et ce crayon, et il lui répondit seulement qu'il les gardait depuis longtemps.

Même si elle adorait le papier et la sensation du crayon entre ses doigts, en vérité, la fille trouvait les leçons d'écriture pénibles. Lire, c'était ça qu'elle aimait, et jamais autant que quand elle écoutait son père lui faire la lecture. Il avait des livres ayant appartenu à son propre père, qu'il manipulait délicatement et conservait sur un mur d'étagères dans leur petite maison. Il lui lisait des vers de poètes aux noms étranges, comme Homère et Virgile, Hilda Doolittle et Wendell Berry, des poèmes sur les dieux, et les hommes, et les guerres qu'ils se livraient, la beauté des petites choses, et la paix. Il lisait des histoires vraies et pas vraies. Des histoires qui parlaient d'une maison dans les bois, d'un chasseur et d'une sirène, et de lapins en quête d'un foyer. Lorsqu'il avait terminé et soufflait la bougie, elle demandait toujours, comme pour s'assurer qu'elle était de retour dans son propre monde : Ces autres, ils sont partis aussi ?

Oui, disait-il. Depuis longtemps maintenant.

Alors on est seuls ?

Pas seuls. On est tous les deux. Maintenant endors-toi, et je te verrai demain matin.

Quand elle commença à étudier et à déchiffrer pour elle-même les mots dans les livres que l'homme lui lisait, ces histoires de lutte du temps jadis revinrent à la vie, comme si elle les entendait pour la première fois par sa propre voix. C'est ainsi que, sans devoir quitter la paix et le calme de la montagne, elle en apprit tant sur ce qui avait été et pourquoi, à partir de récits racontés avec des mots anciens, d'un temps ancien, sur des feuilles de papier anciennes retenues par des couvertures craquelées et effilochées.

Pourtant, une fois qu'elle fut à son tour devenue excellente lectrice, la fille continua de demander à son père, quand elle était prête à s'endormir, de lui raconter une histoire, une histoire qu'il avait entendue dans sa jeunesse.

Je ne suis toujours pas si vieux que ça, répondait-il, puis il pensait à quelque chose qui l'avait surpris ce jour-là, et commençait par cette phrase : Mon père m'a un jour parlé d'une époque. À partir de là, il inventait l'histoire d'un long périple, d'une prouesse montrant une force prodigieuse, ou d'un trésor perdu et retrouvé. Quelquefois les histoires venaient du pays autour de la montagne. Quelquefois elles venaient d'un pays lointain que l'homme ne faisait qu'imaginer. Toujours elles se terminaient dans la petite maison, au chaud et en sécurité devant le feu.

Vers la fin de l'été où la fille eut sept ans, après que l'homme eut fini de la suivre sur le lac dans son canoë – car elle était devenue une nageuse puissante –, tandis qu'ils se reposaient dans l'herbe, il lui raconta comment lui et la femme avaient fabriqué le canoë ; ils avaient parcouru à pied une grande distance vers le nord pour trouver le thuya afin de faire les lattes, le barrot central et le plat-bord, puis ils avaient ramassé des racines d'épicéa noir qui serviraient d'amarres et chauffé de la gomme d'épicéa pour combler les interstices entre les planches d'écorce.

Ce canoë-là ? demanda la fille, regardant de nouveau le bateau dans lequel elle traversait le lac depuis aussi longtemps qu'elle s'en souvienne.

Celui-là même, dit-il. Il a tenu tout ce temps.

Et, à l'automne de cette année-là, la fille et son père virent un ours surgir des bois et se diriger vers le lac, puis patauger dans l'eau jusqu'à ce qu'il ait un poisson dans la gueule, avant de repartir dans la forêt, en direction des hauteurs. L'animal rappela à la fille son profil au sommet de la montagne, sa place auprès de sa mère, et les questions qu'elle s'était posées la première fois qu'elle en avait fait l'ascension, la plus secrète étant pourquoi, si sa mère était si forte, n'avait-elle pu vivre afin de rester avec eux. On aurait plutôt dit qu'elle s'était éloignée comme un ours de passage dans la forêt.

Est-ce que ma mère était un ours ? demanda-t-elle tout haut lorsque l'animal à la fourrure bleu-noir avec une tache blanche sur le poitrail disparut dans les bois.

L'homme rit : Qu'est-ce qui te fait dire ça ?

Elle n'a pas voulu rester avec nous, répondit la fille. Elle est partie. En haut de la montagne. Exactement comme cet ours.

L'homme comprit alors le raisonnement de la fille.

Cet ours ne serait pas resté même si tu le lui avais demandé, dit l'homme. Moi, je trouve qu'il ressemblait à un sanglier, avec son corps massif et ses pieds énormes. Les ours mâles se plaisent à vagabonder, donc celui-là a fait exactement ce qu'il était censé faire. C'est moi qui ai emmené ta mère en haut de la montagne. Tu te rappelles ? Elle ne souhaitait rien tant que rester avec toi. Mais on ne peut pas choisir le moment où l'on quitte ce lieu pour aller dormir sur la montagne. On doit tous aller dormir sur la montagne un jour. Même l'ours. Même si on lutte avec toute notre volonté pour l'éviter.

L'homme garda le silence et fixa le sol des yeux un long moment. Puis il releva la tête et dit à la fille : Viens là.

Elle marcha vers lui jusqu'à ce qu'ils soient côte à côte.

Assieds-toi et retire tes chaussures.

Elle obéit, et il lui demanda de les regarder attentivement. La peau de cerf tannée. La couture régulière. La semelle usée mais parfaitement étanche.

C'est ta mère qui a fabriqué cette chaussure, expliqua-t-il. Quand tu étais encore un bébé dans son ventre. Elle a cousu cinq paires de chaussures à partir d'un cerf qu'elle et moi avions chassé avec l'arc. Chaque paire fait une pointure de plus, de façon à ce que le temps que la dernière soit devenue trop petite, tu sois capable de t'en fabriquer toi-même.

C'est ma dernière, ça ?

Oui.

Comment a-t-elle pu savoir qu'elle devait en faire cinq, demanda la fille, si elle ne savait pas qu'elle allait nous quitter ?

L'homme secoua la tête comme s'il se posait la question.

Peut-être qu'elle savait, en fait, dit-il. Alors elle a réfléchi à la manière dont elle pourrait rester avec toi, année après année, juste à tes pieds. Jusqu'à ce que tu sois assez grande pour comprendre que nous devons tous nous en aller.

Un jour, à la lisière de l'automne, tandis qu'ils se prélassaient dans un hamac que l'homme avait suspendu entre deux sapins, la fille demanda s'il y avait d'autres ours dans la forêt, ou seulement celui qu'ils avaient vu durant l'été.

Il y a encore des ours, dit l'homme. Ils vont et viennent, mais ils restent à l'écart.

Ça me plaît que la cime de la montagne ressemble à un ours. Et de savoir qu'elle va toujours rester exactement là où elle est, observa la fille.

C'est pour ça que je l'ai mise là-bas, dit l'homme. L'ours lui tient compagnie pendant qu'elle dort. J'espère qu'un jour j'y dormirai aussi.

La fille garda le silence un moment, puis demanda : Comment ils sont, en fait ?

Les ours ?

Oui. Ils sont gentils ?

Ils sont timides, répondit l'homme, si c'est ce que tu veux dire.

Je veux dire, est-ce qu'ils vont nous grogner dessus et venir manger nos provisions s'ils ont faim ? Les vrais ours ?

Non, fit l'homme. Ils ne grognent pas, sauf si on les embête. Ou si on menace leurs petits. Mon père m'a expliqué un jour qu'ils n'hésitent pas à parcourir de longues distances afin de faire le bien, pour les leurs ou pour d'autres. C'est une promesse qu'ils font quand ils sont très jeunes, ils la chuchotent à leur mère avant même d'ouvrir les yeux.

La fille se balança lentement dans le hamac, se demandant à quoi ressemblait le son de la promesse chuchotée d'un ours, jusqu'à ce que l'homme lui propose : Tu veux entendre l'histoire que m'a racontée mon père sur un ours qui a sauvé un village entier en tenant sa promesse ?

Oui, dit la fille, et elle se redressa si vivement que le hamac manqua se renverser et les faire tomber sur le tapis d'aiguilles de pin. L'homme s'accrocha à l'arbre juste à temps et, après avoir bien ri, il entreprit de raconter cette histoire à la fille.

Il était une fois, le long d'une rivière large et sinueuse, un roi qui exigeait que les villageois de son royaume lui remettent tout l'argent et l'or qu'ils possédaient. C'étaient de bons agriculteurs, sur une terre fertile, mais il était le roi. Donc ils lui donnèrent leur argent et leur or et se rendirent dans leurs champs afin de faire pousser la nourriture qu'ils allaient consommer, se réjouissant au moins de récolter le fruit de leur labeur. L'été s'écoula paisiblement et les villageois étaient sur le point d'engranger l'une des meilleures récoltes qu'ils avaient jamais connues lorsque le roi exigea qu'ils lui remettent la totalité du grain qu'ils avaient cultivé.

Ils résistèrent, demandant : Pourquoi nous fais-tu une chose pareille ? Qu'allons-nous manger ? Mais le roi ne répondit à aucune de leurs questions. Il envoya ses soldats rafler tout ce que les villageois avaient récolté, si bien qu'ils durent survivre en se nourrissant de ce qu'ils glanaient dans la poussière, sur le sol.

Cet hiver-là, peu avant que le calendrier annonce que c'était le printemps, les villageois étaient au bord de la famine. Un ours vieux mais affable passa par le village en se rendant à la foire. Quand il vit dans quel état se trouvaient les habitants, il leur en demanda la raison. Ils lui expliquèrent.

Et après la mort de nos enfants, conclut l'ancien du village, nous mourrons, et de qui ce roi sera-t-il alors roi ?

L'ours gratta les poils sous son chapeau et réclama un petit chariot, une botte de paille et un grand manteau. Il installa la paille sur le chariot, jeta le manteau sur le tas et se mit en route pour le palais du roi.

En arrivant, l'ours demanda une audience auprès du roi et, une fois devant lui, il demanda au riche souverain s'il aimerait voir une danse.

Le roi dit oui, car il se sentait seul, et l'ours dansa.

Lorsque l'ours eut terminé son numéro, le roi en fut tellement ravi qu'il lui demanda s'il accepterait de danser de nouveau pour lui dans la matinée.

Oui, dit l'ours. Si vous me donnez un peu de nourriture de vos réserves.

Le roi accepta, et c'est comme ça que l'ours apprit où le roi gardait le grain qu'il avait confisqué aux villageois. Cette nuit-là, l'ours en remplit son chariot, le remplaçant dans la réserve par la paille qu'il avait apportée.

Le matin, après avoir dansé pour le roi, l'ours annonça qu'il reviendrait le lendemain si le roi le laissait se retirer sur l'autre rive du fleuve afin qu'il répète une nouvelle danse. Le roi accepta, et l'ours sortit de l'enceinte du château en poussant son chariot, son haut tas de grain caché par le grand manteau. Le chariot paraissant identique à ce qu'il était lors de son arrivée, les gardes du palais n'y virent que du feu.

L'ours poursuivit ce manège du premier quartier de la lune à la pleine lune, ne laissant que de grandes bottes de paille dans les réserves du roi. Pendant ce temps, il rendit l'intégralité de leur grain aux villageois, sans que même le cuisinier du roi ne sache qu'il avait disparu – il pensait simplement que l'ours avait bien mangé et que la paille se trouvait là depuis le début.

Lorsque la lune se mit à décroître, les villageois, qui pouvaient de nouveau se nourrir, demandèrent à l'ours s'il avait vu leur argent et leur or. Il répondit que oui, car ils étaient conservés dans la même rangées d'entrepôts où le roi conservait le grain. S'ils récupéraient leur argent, expliquèrent les villageois, ils pourraient lever une armée et renverser le roi. Mais ils désespéraient de revoir un jour leur fortune.

L'ours avait déjà manqué la foire, et il s'était pris d'affection pour les villageois. Il se gratta de nouveau la tête et dit : Je vais récupérer votre argent et votre or. Je demande seulement que vous attendiez, pour renverser votre roi, que je revienne avec ma propre armée afin de vous aider.

Les villageois exultaient.

Tu as une armée ? demandèrent-ils.

Bien sûr, dit l'ours. Elle se compose de chaque animal et de chaque arbre de cette forêt.

Les villageois acceptèrent et l'ours partit pour le palais.

Le roi fut enchanté de revoir l'ours, car il avait besoin de se remonter le moral. Toute la nourriture qu'il avait mise de côté après la récolte ayant disparu, il ne savait pas ce qu'il lui restait à offrir.

Une pièce d'argent fera l'affaire, le rassura l'ours, ensuite je reprendrai la route.

Le roi accepta, et l'ours exécuta sa plus belle danse à ce jour, après quoi le roi l'invita à suivre ses gardes dans les réserves pour y prélever la quantité d'argent qu'il estimait juste pour son salaire. L'ours, fidèle à sa parole, prit une pièce d'argent et la mit dans sa poche. Ensuite, il demanda s'il pouvait dormir sur place, car il était tard et, avec la lune décroissante, il y aurait des brigands dans la forêt.

Pendant que le roi et toute sa cour sommeillaient, l'ours soudoya le maréchal-ferrant et le convainquit, moyennant une pièce d'argent, de mettre sa forge en marche, lui promettant de le laisser dormir ensuite.

Une fois la forge chaude, tandis que le maréchal-ferrant ronflait tel un soufflet dégonflé, l'ours fit fondre tout l'argent et tout l'or de l'entrepôt. Puis il versa l'argent dans quatre moules en forme de roues, et l'or dans un moule en forme de chariot.

Le matin, l'ours récupéra des cendres dans la forge et noircit les roues d'argent et le chariot d'or. Ensuite, il poussa son tas de paille recouvert du grand manteau loin du palais, à travers la forêt, jusqu'au village, et restitua tout ce que le roi avait volé à ses sujets sous la forme de ce chariot.

Les villageois furent fous de joie. Ils voulurent fondre immédiatement l'argent et l'or et s'employer à lever leur armée, mais l'ours leur rappela : Attendez-moi pour vous lancer dans la bataille. Sans quoi ça ne va pas bien se passer.

Les villageois acceptèrent tous. L'ours les salua et s'éloigna par la route qui menait à la forêt.

Une saison passa, puis une autre, et encore une autre, et l'ours ne revint pas. Avec le temps, les villageois se remirent à cultiver les champs, le vieux roi mourut, et sa fille monta sur le trône. C'était une jeune femme intelligente et bienveillante, clémente et juste. Elle traitait bien ses sujets, et ils travaillaient pour elle en contrepartie. Personne du village ne revit jamais l'ours.

Quand l'homme eut terminé son histoire, la fille continua de se balancer dans le hamac et tourna son regard vers la forêt.

C'est déjà arrivé que des ours parlent à des gens, en vrai ? demanda-t-elle à son père. Pas dans les histoires, je veux dire. Quand il y avait des gens à qui parler.

Je n'en ai jamais entendu, répondit l'homme. L'ours que nous avons vu était silencieux, mais peut-être qu'il ne nous a pas remarqués, ou qu'il n'avait rien à dire. Alors je ne sais pas.

Il nous a vus, affirma la fille.

Eh bien, tu l'as, ta réponse, dit l'homme.

L'été se mua en automne. L'automne se mua en hiver. L'hiver se mua en printemps. Et, la veille du nouveau solstice, l'homme offrit à sa fille une boussole de cuivre jaune qui avait appartenu à son père. Elle apprit les points cardinaux et intercardinaux d'après le soleil et les étoiles et il lui montra comment utiliser le miroir et la lunette pour trouver un point. Il lui expliqua que, dans un temps reculé, d'autres pouvaient voyager sur une terre et la mesurer avec une précision d'un degré, même si c'était seulement une chose qu'il avait lue dans un livre et dont il ne pouvait être certain qu'elle fût vraie, ou simple légende.

Le lendemain matin, lorsqu'ils gravirent la montagne isolée, sur tout le chemin qui serpentait autour des arbres tombés et contournait les saillies rocheuses, la fille tint la boussole devant elle, et elle ne pouvait détourner les yeux de l'aiguille qui pointait toujours vers le nord, telle une flèche qui ne dévie pas de sa cible.

Arrivée à ses neuf ans, la fille pouvait faire toute l'ascension jusqu'à la cime de la montagne sans s'arrêter. Elle bondissait d'un coup de la limite des arbres au sommet et se plantait à ses pieds.

Salut, l'Ours, lançait-elle à la formation rocheuse. L'hiver a été long, dis donc.

Puis elle retournait attendre son père au bout du sentier boisé. Quand il la rejoignait, ils grimpaient ensemble les dernières marches qui les séparaient de la tombe de la femme et restaient debout en silence, leurs mains sur la pierre plate, jusqu'à ce que le soleil ait passé son zénith, après quoi ils redescendaient à la maison.

L'année de ses dix ans, son père lui offrit un couteau avec un manche en os et un fourreau en cuir qu'il avait fabriqués la première année où lui et la femme avaient vécu dans la maison.

Il y a autre chose, dit-il à sa fille.

Ils se dirigèrent vers la cabane à outils de l'homme, où il rangeait ses haches, ses scies et ses instruments pour travailler le bois.

Je vais t'apprendre à fabriquer ton propre arc et tes propres flèches, annonça-t-il. La première année où nous avons gravi la montagne ensemble, quand tu avais cinq ans, j'ai repéré en chemin le pacanier le plus droit que j'aie vu de ma vie. À la première occasion, j'y suis retourné et je l'ai abattu.

Il désigna le toit de la cabane, où quatre longues cannes étaient posées en travers des chevrons.

Je les ai faites à partir de ce bois. Elles ont suffisamment séché. J'attendais juste que tu sois prête.

L'homme retira les cannes et choisit celle qui avait le moins de défauts. Les jours suivants, il travailla le dos de l'arc avec une plane jusqu'à ce qu'il ne reste qu'un cerne de croissance. Il marqua le centre de l'arc afin de positionner la poignée et s'assura de la souplesse des branches. Puis il tailla des encoches pour la corde et régla le tiller jusqu'à ce que chaque branche se courbe à parts égales. Il lissa le ventre et les côtés avec son couteau, polit le bois avec une pierre ronde, et enduisit toute la surface de graisse de cerf.

L'homme progressait lentement mais régulièrement et, à chaque étape, il montrait à la fille comment s'y prendre et la laissait participer autant que lui à la fabrication de l'arc. Deux semaines plus tard, ils le cordèrent avec un tendon découpé dans la selle d'un cerf. L'homme sourit en voyant la fille bander l'arc pour la première fois, d'autant qu'elle s'y prenait bien.

Le lendemain, ils se rendirent dans les bois en quête de bouleau et de cornouiller pour fabriquer les flèches, qu'ils découpèrent, émondèrent et empennèrent de plumes de dinde que l'homme avait ramassées sur le sentier de la montagne. Il lui apprit à façonner des pointes de flèches en cassant en petits morceaux les os et les ramures du cerf dont il avait prélevé le tendon, et il les fixa aux hampes.

Chaque jour, la fille s'entraînait en tirant ses flèches dans une cible de branches de ciguë tressées qu'elle calait contre un talus. Lorsque l'homme estima qu'elle était prête, ils se rendirent dans la forêt et il lui apprit à lire le paysage, à chercher les signes – branches cassées, feuilles retournées, traces de sang et d'excréments – qui leur indiqueraient quels animaux étaient passés par là et quand, quelques jours ou quelques minutes plus tôt. Si un lapin avait cherché un abri. Si un renard avait cherché de quoi manger. Si l'un et l'autre avaient trouvé ce qu'ils cherchaient. Les animaux sont des êtres d'habitude, lui expliqua-t-il, leurs histoires s'écrivent et se réécrivent sans cesse. Dans les neiges de l'hiver ou la poussière de l'été, il y avait toujours un récit en jeu, et c'était la chasseuse, en définitive, si elle s'y prenait bien, qui en écrirait l'épilogue.

Elle rapporta des écureuils, des lapins, des dindes, et ils mangèrent bien. L'homme lui confia aussi une bobine de fil dont elle attacha un bout à l'arc et l'autre à une flèche, et la fille apprit toute seule à tirer sur les poissons coincés par le barrage. Souvent, elle manquait sa cible, mais lorsqu'elle en atteignait un et qu'il ne parvenait pas à se libérer en gigotant, elle ramenait de la truite pour le dîner.

À l'automne, elle convainquit son père de la laisser partir pister son premier cerf toute seule. Il hésita, mais la détermination et la volonté de sa fille l'emportèrent. Année après année, elle l'avait vu parer les cerfs qu'il avait tués, et il lui montra comment se fabriquer un sac à dos pour sortir de la forêt n'importe quel cerf mâle qu'elle pourrait abattre, sauf s'il était vraiment énorme. Elle partit avec des vivres pour deux jours, et revint trois jours plus tard sans avoir tiré une seule flèche.

L'année suivante, au printemps, deux oies apparurent sur le lac. L'homme, n'ayant pas vu d'oies depuis de longues années, pensa qu'elles ne faisaient que passer. Mais elles restèrent faire leur nid et, au moment du solstice d'été, c'était devenu une famille de sept volailles, qui avait découvert la plage herbeuse de la crique.

Un matin, en descendant au lac pour pêcher, la fille tomba sur les volatiles et fut aussi surprise de les rencontrer qu'eux de la voir. La mère rassembla ses oisons et les poussa dans l'eau, et le jar, plus gros, attaqua la fille. Elle tenta de s'enfuir mais dérapa sur les fientes qu'ils avaient laissées dans l'herbe. Un coup sec, comme un jet de pierre, lui heurta l'arrière de la jambe et en se retournant elle vit l'énorme oiseau qui la dominait. Elle leva les mains pour se protéger la tête tandis qu'il abattait de nouveau son bec, la frappant au bras. Elle ramena ses pieds sous elle comme pour se protéger, les déplia d'un coup et le cogna en plein poitrail, puis elle se releva et retourna à la maison en boitillant. Tandis qu'elle sanglotait, son père lui fit prendre un bain, examina ses plaies à la jambe et au bras et, lorsqu'elle sortit et se sécha, il enroula des bandes de tissu autour.

Rien de cassé, dit-il.

Il l'installa à table, lui prépara une tisane et attendit qu'elle eût repris des forces.

Une fois que sa respiration se fut calmée et qu'elle put tenir sa tasse d'une main ferme, son père demanda : Elles t'ont fait peur, n'est-ce pas ?

Elle approuva d'un hochement de tête.

Tu leur as fait peur aussi.

Je ne voulais pas leur faire de mal, protesta la fille, qui recommença à pleurer.

L'homme la berça dans ses bras.

Tu sais, elles ne vont pas s'en aller. Alors soit on les laisse tranquilles et on va pêcher dans un autre coin du lac jusqu'à l'automne, soit tu les chasses, comme tu as fait l'automne dernier quand tu es partie traquer un cerf.

Il montra l'arc et le carquois de flèches dans le coin de la cuisine où la fille les avait appuyés contre le mur.

Toute la famille ?

D'abord la plus grosse. C'est le jars. Mais si tu es assez rapide, tu peux avoir l'oie aussi. Le renard se chargera des oisons. La viande ne nous ferait pas de mal. Et les plumes pourraient te servir.

Visiblement perdue dans ses pensées, la fille fixa son arc. Puis elle se tourna vers son père et demanda : Quand ?

L'homme lui dit qu'il allait pleuvoir pendant au moins quelques jours.

Et puis il faut que tu laisses à ton bras le temps de guérir, poursuivit-il. Quand ça s'éclaircira, on se lèvera tôt, on descendra à l'eau, et on se cachera derrière le rocher. Elles viendront. Dès qu'elles sortent de l'eau et qu'elles sont occupées à manger de l'herbe, tu te lèves et tu tires.

La fille ne dit rien, pensant seulement à la douleur dans son bras et sa jambe et à l'effroi qu'elle avait ressenti quand le gros jars l'avait attaquée, un effroi qui était nouveau pour elle, car il n'était pas comparable à la sensation d'être perdue dans les bois. Et pourtant, il lui semblait un peu familier aussi, comme s'il avait été là, tapi en elle, à attendre, depuis longtemps.

Le matin où la pluie s'arrêta, ils se levèrent tôt et elle annonça à son père qu'elle voulait descendre au lac toute seule. Dans l'aube encore grise, avec le monde qui scintillait autour d'elle, elle s'assit derrière le gros rocher, dos à l'eau, et attendit.

Il ne fallut pas longtemps avant qu'elle entende le chœur de caquètements discrets des oisillons. La famille d'oies barbotait le long de la rive qui formait l'anse, sept volatiles à la suite, le jars devant, la mère oie derrière.

Elle vit le jars sortir de l'eau et s'avancer sur la rive en se dandinant. Les oisons – plus gros, déjà, que la dernière fois qu'elle les avait vus – le suivirent en file indienne puis s'éparpillèrent sur la plage pour picorer dans l'herbe. La mère oie sortit la dernière, picorant et observant avec prudence, se méfiant peut-être du silence du matin. La fille encocha sa flèche et se leva.

Le jars n'était pas à plus de dix mètres. En la voyant surgir de sa cachette, il poussa un cri pour avertir la femelle, dressa sa tête et son corps au maximum, écarta les ailes, tendit le cou, et fonça sur la fille.

Elle banda son arc et, en cet instant, seule sur la plage, elle se demanda ce qu'aurait fait sa mère. Se le demanda avec un calme et une curiosité si dévorants que, si elle avait pu arrêter le temps, elle serait retournée à la maison pour demander à son père : Tu peux me dire ce qu'elle aurait fait ?

Puis la fille libéra la flèche, qui transperça la poitrine du jars, presque à bout portant.

Elle en encocha une autre et s'approcha de l'eau, ou la mère oie avait ouvert ses ailes en une dernière tentative de protéger ses petits d'un danger auquel ils ne survivraient pas en ce monde. Elle banda et tira d'un seul geste rapide ; la flèche atteignit l'oie au milieu du dos et la cloua sur le lit du lac peu profond. Sans bouger, la fille regarda les oisons s'enfuir dans quatre directions différentes.

Ce soir-là, l'homme para et cuisina le jars, et la fille ne dit rien quand ils s'installèrent pour dîner. La viande était dure et filandreuse, et l'homme vit bien que sa fille ne mangeait sa portion que pour éviter de se faire gronder.

C'est ce que mon père aurait appelé de la savate, observa l'homme, tentant d'arracher un sourire à la fille, mais elle resta immobile, à fixer son assiette.

L'homme écarta la sienne.

Dis-moi, demanda-t-il.

Elle respira profondément et leva les yeux.

C'est un magma de choses qui refusent de se calmer, dit-elle. Comme en automne, quand je balaie les feuilles mortes devant la maison, et que le vent souffle en cercles, si bien que les feuilles que j'ai enlevées et d'autres feuilles tourbillonnent et se reposent à l'endroit que je viens de déblayer. Je n'arrive à rien déblayer.

L'homme hocha la tête.

J'ai déjà éprouvé ce tourbillon. Qu'est-ce que tu fais, dans ce cas ? Avec les feuilles ? Tu essaies de les pousser de plus en plus vite, pour que le tourbillon les emporte dans les bois ? Ou tu attends un jour où il y a moins de vent ?

J'attends un jour où il n'y a pas de vent, et je les porte dans les bois, dit la fille. En plus, il en est tombé d'autres entre-temps.

Oui, approuva l'homme. Donc peut-être qu'il est trop tôt maintenant pour déblayer ces feuilles de l'endroit où elles tourbillonnent à l'intérieur de toi.

Elle repoussa son assiette elle aussi et tourna la tête en direction de l'eau.

Je les ai observées, pourtant. Il y a deux feuilles qui n'arrêtent pas de revenir. Je sais que je me protégeais, et que je protégeais le coin où on pêche notre nourriture quand je les ai tués. Je ne m'en veux pas pour ça.

Tu t'en veux pour les petits.

Elle essayait de les protéger.

On aurait pu s'y prendre autrement, dit l'homme.

Comment ?

Les prendre au piège. Mais il aurait quand même fallu les tuer, de nos mains, avec un couteau. Et au lieu d'une oie, si on avait pris un plongeon huard, par erreur ?

La fille ne dit rien.

Pourquoi je ressens ça ? demanda-t-elle.

Parce que tu commences à comprendre.

Comprendre quoi ?

Que chaque chose a une fin. Et que nous avons un rôle à jouer, jusqu'à cette fin.

La fille garda de nouveau le silence, fixa la table, puis leva les yeux sur son père.

Tu sais ce que j'aurais voulu, par-dessus tout ? dit-elle. Quand je pleurais dans la baignoire et que mon bras me faisait mal comme un pouce coincé sous une grosse pierre ?

Quoi ?

J'aurais voulu leur parler. Pouvoir leur expliquer pourquoi nous ne voulions pas qu'elles salissent notre plage. Pourquoi il y avait de meilleurs endroits pour élever leurs petits. Peut-être qu'elles auraient compris. Ou peut-être qu'elles m'auraient appris quelque chose sur elles. Comme l'ours qui aidait les gens dans l'histoire que tu m'as racontée.

C'est ce qu'aurait fait ta mère, dit l'homme. Elle aurait pris ces oies entre quatre yeux et dit : Bon. Alors qu'est-ce qu'on fait ?

Ils se levèrent et débarrassèrent leurs assiettes et l'homme apporta des feuilles de menthe et de l'eau chaude à table. Il répartit les feuilles dans deux tasses, versa l'eau et en donna une à la fille.

Tu veux entendre une autre histoire ? lui demanda-t-il.

Non, dit-elle.

Ce n'est pas pour te remonter le moral. C'est une histoire que j'ai entendue un jour au sujet d'un homme qui comprenait les animaux. Ça l'a sauvé, lui et d'autres pareils à lui, quand il y avait des autres.

Ma mère la connaissait ? demanda-t-elle.

Oui.

Alors d'accord.

Il y a très longtemps, dit l'homme, longtemps avant qu'il n'y ait quantité d'autres qui vivaient sur la terre, il y avait des gens qui habitaient ici, à l'ombre de la montagne isolée. Si on met de côté nos livres et nos outils, ils vivaient d'une manière très semblable à la nôtre : ils faisaient pousser des légumes, ils cueillaient des fruits, ils pêchaient dans le lac et ils chassaient dans la forêt.

Parmi eux vivait un excellent chasseur qui s'appelait Thorn. Il était vénéré pour l'habileté avec laquelle il maniait l'arc et la flèche, et sa capacité à rapporter de la nourriture. Quand il partait chasser, il disparaissait pendant des semaines. On disait qu'au début de ses expéditions, il rôdait dans la forêt pendant deux phases de la lune, se nourrissant seulement de feuilles, d'écorce et d'insectes. Puis, pendant deux autres phases, il parlait aux animaux. Lièvre, dindon, cerf, selon le gibier qu'il cherchait cette saison-là. Il leur parlait de son respect pour leurs vies, les remerciait pour l'exemple qu'ils donnaient, montrant comment vivre sur ces terres, et leur promettait de planter un champ d'herbes sucrées pour que leurs familles puissent s'en nourrir ensemble, s'ils se donnaient à son peuple. Tout animal qu'il tuait, il le parait rapidement et il enterrait les restes, marquant l'emplacement par la flèche brisée avec laquelle il l'avait abattu.

Lors d'un long été chaud et sec, Thorn revint d'une chasse qui avait duré un mois plein, avec en tout et pour tout quelques lapins et un vieux chevreuil. La forêt entière se reposait dans la première grotte ou le premier carré d'herbe fraîche qu'on pouvait trouver. Toujours, quand Thorn rentrait, il laissait son gibier à ceux qui s'occupaient de la cuisine et du fumage et s'enfonçait dans un long sommeil profond.

Mais, cette fois, il n'avait dormi qu'une journée lorsqu'il fut réveillé par la cheffe des autres.

Thorn ! cria-t-elle. La foudre a mis le feu à la forêt !

Thorn remua et sentit la fumée qui balayait la montagne et descendait le long du lac. Il leur dit de rassembler ce qu'ils pouvaient et qui ils pouvaient et de courir aux canoës. L'île allait les sauver. Mais, arrivés aux canoës, ils virent qu'ils étaient déjà en flammes. Aucun n'était récupérable. Le feu les éloignait maintenant de la rive en les entraînant vers leur village, poussant les gens à s'enfoncer davantage dans les bois. Là, Thorn vit un second feu qui descendait de l'autre côté de la montagne. Ils allaient tous être perdus, il ne resterait rien d'eux, si ce n'étaient leurs ossements sous les cendres des maisons où ils avaient vécu.

Il a fait quoi ? demanda la fille.

Thorn leva les mains et éleva sa voix pour invoquer la puissance de tout animal dans la forêt qui soit capable de l'aider et d'aider les siens. Tout animal qui savait qu'il était un grand chasseur, et qui comprenait qu'il vivait ainsi qu'il lui était imparti, et mourrait de la même façon, si telle était la volonté de la terre.

On raconte que Thorn se changea alors en puma géant, argenté et brun, mit les siens sur son dos et courut à travers les arbres en flammes jusqu'à la rive du lac. Là, le puma se changea en aigle de la taille d'une cime de montagne et fit traverser le bras d'eau à tire-d'aile aux siens, qu'il déposa sur l'île. Au bord de l'eau se dressait la silhouette d'un ours énorme, qui s'adressa à la tribu d'une voix profonde. N'ayez pas peur. Tout n'est pas perdu, dit-il, et il les conduisit au point le plus haut de l'île, d'où ils regardèrent brûler la forêt. Et lorsqu'ils se retournèrent pour remercier l'ours, ils virent seulement Thorn, debout sur la crête qui marquait le milieu de l'île, les bras et le visage levés vers le ciel, tandis que les nuages s'ouvraient et qu'il commençait à pleuvoir.

Même lorsqu'elle sut que son père avait terminé l'histoire, la fille resta immobile dans le calme du soir, les yeux fixés sur le visage de l'homme, dans l'ombre.

Qu'est-ce qui leur est arrivé ? À la fin, je veux dire, dit-elle après un silence.

On m'a dit que les gens sont restés sur l'île, vivant de cultures rudimentaires et de pêche. Et un jour, lorsqu'il fut très, très vieux, Thorn traversa le lac dans un canoë de bouleau et s'enfonça dans la forêt. On ne le revit jamais.

La fille tourna la tête vers la fenêtre. Pour regarder par-delà son père. Dans le crépuscule. Dans la direction de l'île.

L'homme se leva, alluma une lampe et se rassit.

Il dit : Juste avant de mourir, mon père nous a confié, à ta mère et moi, que l'esprit de Thorn vit toujours sur les rives du lac et dans les sentiers de la forêt. Il veille sur tout ce qu'il y a ici et, pour cette raison, il ne mourra jamais.

La fille se tourna de nouveau vers son père.

Tu l'as déjà vu ?

Non. Mais j'ai senti sa présence. Quand je suis revenu dans cette maison après avoir enterré ta mère, la première nuit où nous avons dormi seuls ici, toi et moi, au petit matin je me suis réveillé car je croyais avoir entendu la porte s'ouvrir. Il faisait froid, il y avait de la neige, et je savais que je devais rajouter du bois sur le feu pour éviter qu'il ne s'éteigne. Mais je ne pouvais pas bouger après ce que je venais de faire. Je ne peux pas l'expliquer. Je savais qu'il y avait quelqu'un, mais je savais aussi que l'individu en question n'avait pas de mauvaises intentions. Puis quelque chose comme une voix qui n'était pas une voix m'a soufflé de me rendormir. Alors je l'ai fait. Et le matin, le feu brûlait, ravivé, et il y avait une petite flaque sur le sol, qui ressemblait à de la neige fondue.

La fille contemplait à présent le feu dans le foyer.

J'ai senti la même chose, dit-elle. Dans la forêt, quand je chassais. Par moments, j'ai eu la sensation que quelqu'un était avec moi. À d'autres moments, j'avais juste une sensation d'immobilité totale. Comme si aucune feuille ne volait. Comme si tout était à sa place.

Le lendemain, la fille prit les flèches couvertes de sang et déplumées avec lesquelles elle avait tué les oies à la plage, les cassa en deux, et les planta dans la terre à la base du rocher. Son père avait arraché et conservé les plumes des volailles, et elle avait choisi les pennes, cherché de nouvelles branches de bouleau à façonner, et fabriqué deux pointes fines et acérées avec les becs des oiseaux. Avec ces flèches, elle passa une journée à pêcher la truite dans les anses abritées du lac. Elle savait que, légères comme elles l'étaient, ces pointes de flèches ne tiendraient pas longtemps. Mais elle rapporta cinq poissons à son père ce soir-là. Il les sala et les sécha et ce fut leur dîner pendant une semaine.

Elle eut onze ans et son père lui offrit une nouvelle paire de chaussures. Il lui avait appris depuis longtemps à les fabriquer elle-même et elle le faisait, tannant la peau des chevreuils que son père avait tués avec son propre arc et cousant les chaussures avec les tendons. Mais l'homme voulait que ces chaussures-là soient particulièrement solides. Il travailla dessus tout l'hiver, pendant que la fille dormait. Lorsqu'il eut terminé, les semelles avaient trois épaisseurs et l'intérieur était doublé de lapin. La fille les mit le lendemain matin pour leur expédition au sommet de la montagne et, un an plus tard, elles n'avaient pas l'air plus usées que le jour où elle les avait reçues.

Pour ses douze ans, son père lui offrit un ensemble de silex et d'acier dans une bourse en peau de chevreuil. Et tandis qu'ils se tenaient en haut de la montagne, ce matin-là, surplombant la forêt et le lac, il lui annonça qu'ils devaient commencer à se préparer pour un long voyage, décider ce qu'ils allaient emporter et, même s'il connaissait le chemin, étudier les vieilles terres qu'ils allaient parcourir sur le plan qu'il conservait plié dans un livre.

La fille se tenait à côté de la tombe de sa mère. Elle écouta, puis demanda : Où sur les terres ?

Vers l'est, dit l'homme, et il désigna le soleil qui brillait, comme s'il s'était levé ce matin à cette seule fin. Vers l'océan. Après toutes les peaux qu'on a tannées et les poissons qu'on a pêchés, on a besoin de sel. La racine de pacanier ne suffit pas. Si on remplit deux de nos plus grosses gourdes d'eau de mer, ça fait assez de sel pour tanner la peau d'un lièvre.

Comment on en trouve ?

On prendra nos marmites, on fera des feux dans le sable, et on fera bouillir autant d'eau de mer qu'on pourra. On devrait se mettre en route pour rentrer d'ici l'équinoxe d'automne.

Il y a une piste qui mène à cet océan ?

Plus maintenant, dit l'homme. Mon père m'y a emmené quand j'avais ton âge. Et ta mère et moi, nous avons fait le voyage deux fois. La dernière, il a plu pendant toute une phase de la lune et nous avons dû nous abriter dans une petite grotte au pied d'une falaise. On a vécu là-dedans jusqu'après l'équinoxe, avec un petit feu pour faire bouillir de l'eau, préparer des infusions et cuire le poisson qu'on attrapait, en se racontant des histoires qu'on nous avait apprises dans notre enfance. Et quand le soleil est finalement revenu, nous avons séché nos affaires, emballé le sel, et nous sommes rentrés avant que l'hiver s'installe. Tu es née au solstice d'été suivant.

Pendant que son père parlait, elle l'observait, le regardait scruter le lointain, non pas dans le ciel, mais dans le temps, comme s'il cherchait le souvenir de quelque chose ou de quelqu'un qu'il avait abandonné depuis longtemps.

Il ressemble à quoi ? demanda-t-elle. L'océan.

L'homme prit une inspiration et réfléchit. Il pouvait lui rappeler les poètes, mais c'était une autre description qu'elle attendait. Il le savait. Une autre image qu'elle cherchait.

Tu vois le lac, en bas ? demanda-t-il. L'île, la rive la plus proche, la plus lointaine ? Le tout délimité par la forêt ?

Oui, dit la fille.

Imagine si, d'ici, tout ce que tu voyais devant toi, c'était de l'eau – le lac, les arbres, les montagnes à l'horizon. Une eau bleue infinie, avec des vagues en mouvement perpétuel. C'est à ça que ressemble l'océan.

La fille plissa le front.

Je ne peux pas imaginer ça, dit-elle.

Non, dit l'homme. Tu ne peux pas. Pas avant de l'avoir vu. Et entendu. Et senti.

La fille resta face à l'est.

Et tu as dit qu'on dormirait sur le sable. Pourquoi ?

Il y a de longues bandes de sable blanc tout le long de l'océan, à l'endroit où il rencontre la terre, aussi larges que la distance entre le lac et la maison. Il y a toujours une petite brise et un parfum de roses. La nuit, c'est comme dormir au bout de la terre.

La fille sourit et dit : J'ai hâte de voir ça avec toi.

Ils partirent peu après le solstice. Ils portaient chacun un sac. Dans celui de l'homme se trouvaient les marmites, deux timbales, du fil de pêche, des hameçons, des couvertures, un couteau, des bourses en peau de chevreuil pour stocker le sel qu'ils rapporteraient, des vivres et une gourde à eau. La fille prit ses propres couvertures, son peigne, un couteau, sa boussole, du silex et de l'acier, de la nourriture et de l'eau, un carquois de neuf flèches et son arc. Lorsqu'elle demanda à son père pourquoi il ne prenait pas son propre arc, il lui expliqua qu'elle était assez bonne chasseuse pour eux deux. Elle ne chargea que le sien sur son épaule et ils se mirent en route.

Ils marchèrent vers le nord-est, faisant un feu chaque soir là où ils campaient. Il leur fallut de la nouvelle lune à la pleine pour arriver sur les berges d'une rivière large et profonde qui serpentait dans la direction générale du sud. De cette pleine lune au jeune croissant de lune montante suivant, ils marchèrent vers le nord sur la rive ouest de la rivière, se nourrissant de leur pêche et grimpant vers les hautes montagnes. Ils étaient arrivés tellement au nord qu'il leur arrivait d'avoir de la neige jusqu'à la taille dans les ravines ombragées où elle restait tout l'été. Puis ils purent enfin traverser la rivière à un endroit où le courant était rapide, mais le lit étroit. La fille et le père s'encordèrent à l'aide d'un morceau de liane, et ils portèrent leurs sacs bien haut au-dessus de leurs têtes.

Ensuite, ils redescendirent vers le sud puis l'est et trouvèrent des forêts et des prairies où vivait du petit gibier qu'ils chassèrent, parèrent et cuisirent. Dans un bosquet surplombant un petit torrent qui coulait des montagnes pour se jeter dans la rivière, la fille tua avec son arc un jeune cerf dont les bois commençaient à pousser. Ils restèrent camper au bord de ce cours d'eau et l'homme découpa le cerf et fuma la viande sur une grille fabriquée avec les branches d'arbre arrachées et balayées par les inondations du printemps. Puis ils repartirent.

Deux autres phases de la lune les virent sortir des montagnes et de leurs contreforts, et s'engager dans des tourbières et des marécages broussailleux, sur la route de l'est, où de hautes souches sans vie tombaient d'une seule poussée. Comme il n'y avait guère d'emplacements pour camper qui ne soient pas inondés et grouillants d'insectes, l'homme et la fille continuèrent à marcher toute la nuit sans s'arrêter pour dormir.

La lune qui se couchait et le soleil qui se levait s'équilibraient sur l'horizon lorsqu'ils dépassèrent le sommet d'une colline et débouchèrent sur une étendue de drumlins nains et de vallées couvertes d'herbes hautes et de fleurs sauvages, étendue qui ne ressemblait à aucune des prairies ou berges de lac que la fille avait vues, tant le paysage était uniforme et homogène dans son ondulation constante. L'homme cueillit des poignées de pousses d'amarante et les plaça dans son sac. Puis tous deux grimpèrent sur un tertre, examinèrent l'horizon et s'installèrent pour manger. La fille était fatiguée d'avoir marché toute la nuit et elle aurait voulu dormir. Mais ce lieu semblait remplir son père d'animation.

Il lui expliqua : Quand je suis venu ici avec mon père, il y avait encore des murs qui s'élevaient du sol. Il n'en restait pas grand-chose, mais ils étaient visibles. Avec ta mère, il y a plus de dix ans maintenant, il y avait des briques et du verre dans la boue, mais plus rien ne tenait debout. Et maintenant ça ressemble à ça.

La fille contempla l'étendue désertique.

Des murs pour quoi faire ? demanda-t-elle.

Des maisons, autrefois. Plus grandes que la nôtre. Des rangées et des rangées de maisons, si tu peux imaginer ça. C'est tout ce que je peux faire. Je n'en ai jamais vu.

Elle garda les yeux tournés vers les terres, et dit : Les autres.

L'homme acquiesça d'un hochement de tête.

Il y a longtemps, dit-il.

Pendant un moment, la fille se contenta d'écouter la tranquillité étrange, pareille à une forêt, de cet endroit et elle commençait à somnoler lorsqu'elle entendit l'homme poser son sac et se mettre à descendre du monticule vers une large dépression dans le sol en dessous.

Elle se leva aussitôt et cria : Non !

L'homme s'arrêta et se retourna.

Qu'est-ce qui ne va pas ?

Ne fais pas ça. N'y va pas. On ne sait pas ce qu'il y a en bas.

L'homme était à la moitié de la pente herbeuse.

Je ne crois pas qu'il y ait quoi que ce soit à savoir sur ce qu'il y a en bas. Mais il pourrait y avoir quelque chose qu'on puisse utiliser.

Il reprit sa descente et la fille le vit ralentir, faire prudemment le tour d'un creux, puis disparaître à l'intérieur. Elle attendait, debout, tentant d'éviter de regarder la peur en face d'elle comme un jars surdimensionné, lorsque l'homme ressortit du trou et remonta en haut du monticule.

Il tenait un morceau de verre couvert de boue. Il dit : Ça fera une bonne pointe de flèche pour le gibier de petite taille.

Il le montra à la fille, puis ouvrit son sac, sortit un morceau de cuir dont il enveloppa le verre et plaça le tout à côté du fil de pêche.

Viens, dit-il. Possible qu'on puisse trouver autre chose.

La fille hésita.

L'homme désigna l'endroit où il avait trouvé le verre et dit : Juste un peu plus loin.

Alors la fille posa son sac et son arc, et ils montèrent puis descendirent un autre monticule. Là, l'homme creusa un peu la boue pour montrer à la fille à quoi ressemblaient les murs. Des blocs uniformes, plats et sans couleurs, leur centre creux plein de terre et d'insectes enfouis dans l'humus. Il ramassa une motte de cette terre et la jeta, et quelque chose bougea près de l'endroit où elle heurta le sol. Quelque chose de petit, de rapide, qui venait des ombres. Il regarda la fille pour voir si elle l'avait vu aussi, mais ce n'était pas le cas et il s'en félicita.

Ils s'arrêtèrent à midi pour manger, puis fouillèrent deux autres monticules dans la chaleur de l'après-midi mais ne trouvèrent rien d'autre, tant les restes de ce qui avait été autrefois étaient couverts de terre ; ils retournèrent à leur tertre et campèrent pour la nuit.

Ils dormirent d'un sommeil entrecoupé, sur l'herbe, sous la lune qui commençait juste à décroître, deux habitants d'un monde reconnaissable désormais par personne, si ce n'était ces deux-là qui étaient venus les premiers, car tous les autres qui en avaient autrefois revendiqué la propriété et le nom, croyant qu'on se souviendrait d'eux pour cela, gisaient, inertes, sous la terre.

Le matin, ils étaient trempés de rosée. Ils ne firent pas de feu et mangèrent du cerf séché et de l'amarante en silence, puis rangèrent le peu qu'il y avait à ranger de leur bivouac. Le soleil sortait juste de la brume à l'est, et l'homme se plaça face à lui, sachant qu'ils allaient devoir camper encore deux nuits avant d'atteindre l'océan. Il se tourna vers sa fille pour le lui annoncer.

C'est là qu'il vit l'éclat d'une faible lueur réverbérée par quelque chose à l'autre bout de l'étendue d'herbe, dans une zone où ils n'étaient pas allés. Il descendit rapidement le tertre jusqu'à l'herbe, se mit à genoux et entreprit de creuser à mains nues.

C'était encore un morceau de verre mais, dans celui-là, le visage de l'homme se reflétait à travers la saleté et les rayures à la surface. Il l'essuya avec sa manche, retourna trouver la fille et le lui montra.

Qu'est-ce que tu vois ? demanda-t-il.

Elle regarda le morceau de verre et tressaillit, puis regarda de nouveau.

C'est comme regarder dans l'eau, mais je me vois bien plus nettement.

Ta mère avait un miroir comme celui-ci dans un cadre avec une poignée en bois, autrefois. Il avait appartenu à sa mère. Et à quelqu'un d'autre, encore avant.

Elle ressemblait à ça ? demanda la fille, continuant de scruter le verre.

Oui, dit l'homme.

Qu'est-ce qu'il est devenu, ce miroir ?

Je ne sais pas, dit-il. La dernière fois que je l'ai vue avec, c'était juste avant ta naissance. Je ne l'ai jamais revu ensuite.

La fille tourna et retourna le miroir, son reflet identique à chaque fois. Puis elle l'abaissa.

Je vais le garder pour faire des flèches, dit-elle, et elle plaça le morceau de verre dans son sac.

Par là, il y a un pan de mur exposé qu'on a manqué hier. Jetons-y un dernier coup d'œil avant de partir.

Elle avait envie de dire non. Elle avait envie de quitter cet endroit, de continuer leur route vers l'océan, mais son père avait toujours su ce qu'il y avait de mieux à faire et pourquoi. Elle posa de nouveau son sac mais garda son arc et son carquois et le suivit.

Le mur qui se tenait sur le sommet de cette colline n'était guère plus que quatre blocs rectangulaires installés de la même manière qu'ils avaient été posés dans le temps, les parpaings exposés et effrités étranglés par la terre et les mauvaises herbes, le reste enfoui. Derrière, ils découvrirent un dénivelé haut comme deux fois la taille de l'homme, qui donnait sur les anciennes fondations, un ravin sombre désormais creusé par des années d'eau de pluie courant le long de la pierre avant de s'infiltrer de nouveau dans le sol. À l'horizon, le soleil s'élevait au-dessus du brouillard, mais la lumière n'éclairait pas encore le fond.

Cette infiltration aura mis au jour des choses, dit l'homme, et il se hissa sur le rebord.

La première assise de parpaings se détacha et tomba dans le noir avec un plouf. L'homme donna un petit coup de pied dans les autres de là où il était accroupi. Ils résistèrent à sa poussée, et il passa par-dessus le mur, se suspendit par les mains, et lâcha.

Elle le regarda tomber, mais ne pouvait pas voir grand-chose, à part les ombres, et n'entendait que le clapotis de l'eau. Il y eut un long silence et elle devina qu'il attendait que ses yeux s'accoutument à l'obscurité. Tout ce qu'elle distinguait, c'était la tête de son père qui se tournait d'un côté puis de l'autre.

C'est le bazar ici ! cria-t-il.

À ce moment-là, elle s'attendait à ce qu'il rebrousse chemin, remonte le long du mur et reprenne la route avec elle. Mais elle l'entendit commencer à marcher contre le courant, entendit un fracas métallique, bouts de métal rouillés qu'on remuait et qu'on jetait contre la pierre qui se trouvait en bas et, en se penchant plus en avant par-dessus le muret, elle vit la tête de son père bouger, puis s'immobiliser, à plusieurs reprises. Il avança la main vers quelque chose qu'elle ne voyait pas et elle ne savait même pas s'il l'avait touché, et elle se demanda ce qui pouvait le retenir en bas. Que pouvait-il bien espérer y trouver ?

Soudain, un mouvement qui ne venait pas de l'homme. Pas de l'eau. Pas des herbes folles qui parvenaient à pousser dans la pénombre et se pliaient à présent sous le bras qui les effleurait. C'était une queue qui se soulevait. Elle la vit dans le rai de lumière. Rien d'autre. Et la main de son père s'avança de nouveau. S'avança en plein dans l'éclat des yeux et des crocs.

Elle hurla en même temps qu'il hurla, s'arrêta et ramena sa main contre sa poitrine, et elle sortit son arc et encocha une flèche, mais elle ne voyait rien.

Tu es blessé ? lui cria-t-elle.

Il leva le visage vers la lumière.

J'ai été mordu !

Il sortit de l'eau et revint au pied du mur par lequel il était descendu, mais, sachant que celui-ci était trop escarpé pour l'escalader d'une seule main, elle se pencha autant qu'elle le put, tendant son arc vers lui. Il saisit la branche inférieure de sa main valide et elle le tira jusqu'en haut, lui fit passer le parapet avec la force conférée par la peur, si puissante qu'elle les fit trébucher tous les deux dans l'herbe.

Elle se redressa et lui prit la main pour examiner la morsure, mais il la retira et étudia sa plaie lui-même. La forme d'une gueule et de crocs était imprimée dans la peau sur le dessus de sa main et dans sa paume, en dessus d'une couche de terre. Il tenta de racler la saleté de la morsure avec sa manche, mais il tremblait et ne faisait que l'étaler, il arrêta.

Il faut que je nettoie ça, dit-il.

Il alla jusqu'aux sacs, déboucha une gourde et lava la plaie, paume d'abord, puis dos de la main. Il s'interrompit pour retirer un petit morceau de croc cassé sous la peau, versa le reste de l'eau sur sa main et la secoua pour la sécher.

C'était quoi ? demanda-t-elle.

Trop sombre, dit-il.

Il était malade, tu crois ?

Je ne sais pas. Assez en colère, si ce n'est enragé.

Ils campèrent au même emplacement que la nuit précédente, faisant bouillir de leur eau pour faire infuser les amarantes et se servant du liquide obtenu pour apaiser la plaie de l'homme. Ils ne virent ni n'entendirent aucun autre animal ce jour et cette nuit-là, comme si ce lieu n'avait jamais été et ne serait jamais un terrain sur lequel les animaux de la forêt étaient susceptibles de passer, et encore moins de s'installer, et l'homme dit qu'il avait toujours la même impression lorsqu'il transitait par là. Il ressentait fortement le vide et le silence et ne savait pas pourquoi il n'avait pas écouté la fille, qui voulait partir tout de suite.

J'ai essayé de bander mon arc, dit-elle. Mais il faisait trop sombre.

L'homme secoua la tête.

Tu n'aurais jamais pu y voir assez, dit-il.

À l'aube, lorsqu'il se levèrent, la main de l'homme était enflée et bleue, et la fille réfléchit tout haut qu'ils devraient retourner chez eux, mais l'homme dit que l'océan était proche et que l'eau salée ferait un bon désinfectant.

On doit finir ce pour quoi on est venus, dit-il.

Et donc ils rassemblèrent leurs affaires et repartirent.

Du matin de ce jour-là au moment où la lumière se vida, ils parcoururent un paysage varié d'arbres fins, de rochers saillants et de marais, s'arrêtant seulement pour ramasser de l'achillée, de la consoude et du grand plantain quand ils en trouvaient. À partir de ces plantes et de la cendre de charbon du feu, le soir, ils firent un cataplasme pour la main de l'homme, qu'ils recouvrirent de feuilles de grand plantain fixées par des tiges de glycine tubéreuse fermement enroulées autour du poignet et de la paume.

Le troisième jour, le soleil décrivait son arc vers l'ouest dans le ciel lorsque la fille s'arrêta au milieu d'un pas, leva le nez comme un chevreuil dans un pré et inhala longuement et profondément. Elle tenta de parler, respira de nouveau, et dit : Je sens les pins et la rose, mais il y a autre chose. L'odeur de…

L'océan, dit l'homme, qui se réjouissait de faire une pause. C'est l'odeur de l'océan.

Ils serpentèrent entre les arbrisseaux jusqu'à une formation rocheuse aride et s'arrêtèrent au bord d'une falaise. Dans le vent fort et régulier, ils regardèrent la mer. À la surface de l'eau, des tas de rochers apparaissaient et disparaissaient entre les creux et pics mousseux des vagues qui roulaient vers l'avant, l'une après l'autre, grossissant et gagnant de la vitesse jusqu'à se recourber et s'écraser dans un rugissement amplifié çà et là par les rochers. Plus loin, la mer s'élevait et s'abaissait, mais ne semblait jamais aller de l'avant, une surface qui s'étendait aussi loin qu'un horizon presque indistinct du bleu argenté de l'eau, si bien qu'aux yeux de la fille on aurait dit que la mer et le ciel se recourbaient pour recouvrir la terre tel un dôme.

L'homme parcourut la côte des yeux, toucha l'épaule de la fille et lui désigna une longue rive blanche au loin.

C'est là qu'on va. À l'embouchure du ruisseau, dit-il.

Ils revinrent sur leurs pas jusqu'à la limite des terres et suivirent le même chemin jusqu'au moment où ils remarquèrent que la lumière filtrant par une ligne de rupture dans les nuages à l'ouest se faisait oblique, sur quoi ils tournèrent de nouveau vers l'est. La fille s'interrogeait sur la douleur que devait éprouver l'homme, mais il ne montrait aucun signe de faiblesse et ne ralentit jamais sur la piste qu'il connaissait et avait déjà parcourue, comme si avancer était sa seule tâche au monde. Ils s'élevaient, passaient des calottes de pierre rondes et disparaissaient de nouveau dans des bois d'arbres mélangés et de torrents qui semblaient sortis de nulle part. L'homme se hissa sur la berge de l'un de ces cours d'eau qui dévalait la pente, laquelle devenait de plus en plus abrupte, jusqu'à ce que l'eau jaillisse brusquement de la couverture de ciguë et de hêtres et se mette à dégouliner le long de rochers lisses et noircis, tel un long doigt s'étirant vers la mer et le reflux des vagues sur le sable mouillé.

Côte à côte sur la plage, ils contemplèrent l'eau et écoutèrent les brisants se fracasser sur la grève. La fille respira le parfum salé et se tourna vers son père.

On devrait aller à la grotte, dit-il avant qu'elle ne parle.

C'est près ?

Un peu plus loin sur la côte. En dessous de la falaise où on s'est arrêtés tout à l'heure.

Ils longèrent la plage, escaladant des rochers qui s'étaient détachés du cap et traversant à gué de petits estuaires alimentés par l'eau claire des bois. Le soleil était couché depuis longtemps et un voile d'étoiles épaississait le ciel lorsque l'homme montra la direction de la falaise. Une haute empreinte ronde et noire semblait comme plaquée contre la paroi rocheuse abrupte qui s'élevait plus haut que toutes les autres sur cette côte, et ils marchèrent vers elle comme si c'était chez eux.

Le sol était de sable et les murs du fond étaient couverts de lichen et d'humidité, mais l'espace était suffisamment grand pour s'y tenir debout et il y avait de la place pour étaler leurs affaires.

Dehors, la fille ramassa toute l'herbe sèche, les brindilles et le bois flotté qu'elle put trouver dans le noir, les rapporta dans la grotte, creusa un petit trou près de l'entrée, et se servit de son silex et de son bout d'acier pour produire des étincelles et faire prendre les copeaux de cèdre avec lesquels elle avait voyagé, jusqu'à ce que la balle se mette à fumer, s'allume et qu'il y ait du feu.

Le ciel s'était éclairci et la nuit était sèche. L'homme et la fille, installés à l'orée de la grotte, partagèrent ce qui restait de truite du lac, les yeux tournés vers les vagues.

Demain, annonça-t-il, on commencera à faire bouillir de l'eau salée.

Le vent avait laissé place à une brise légère, et lorsqu'ils eurent fini de manger la fille demanda à son père comment allait sa main.

Ça fait à peu près aussi mal que quand l'oie t'avait attaquée.

À ce point-là ? dit-elle.

Le cataplasme me fait du bien.

La fille garda le silence un moment puis demanda : Pourquoi tu es descendu là-dedans ?

L'homme regardait le feu, et ne leva pas les yeux vers elle.

C'était plus fort que moi, expliqua-t-il. Il y a tellement de choses enfouies. Tellement de choses que je ne comprends pas. Je me suis toujours demandé comment c'était arrivé, tout ça.

Ton père ne savait pas ?

Il ne connaissait que la famille de ta mère. Et ils ne parlaient que de mères et de pères de leur propre famille.

Ils ont cherché les autres ?

Toute leur vie. Et quand ils ont eu fini de chercher, il n'est resté que moi et ta mère.

Il s'arrêta et se tut longuement, laissant pour seuls sons entre eux le crépitement du feu et le fracas des vagues.

Alors on a arrêté de chercher, dit-il enfin. On a décidé d'habiter dans la montagne. Et d'attendre.

Quoi ? demanda-t-elle.

Toi.

Le fille baissa les yeux sur le feu à son tour, comme si tout ce que quiconque était susceptible de chercher pouvait se trouver là, et dit : Tu lui parles, n'est-ce pas ?

L'homme approuva d'un hochement de tête.

Tous les jours.

Elle leva de nouveau le regard sur lui.

Je t'ai entendu. Tu dois croire que tu le fais seulement dans ta tête ou qu'il y a trop de vent et que je ne peux pas entendre. Mais j'entends.

Je sais, répondit l'homme. Il y a tant de choses que je veux lui dire.

Tu lui dis quoi ?

Je lui parle de toi. Les questions que tu poses, les trucs que tu fais. Le plaisir qu'elle prendrait à être avec toi.

Je pose beaucoup de questions, n'est-ce pas ?

À l'instant, oui, dit l'homme, et la fille rit et se tourna de nouveau vers le feu.

Tu pensais que tu la trouverais ici ?

Je sais où la trouver, dit-il. Je voulais simplement me souvenir encore une fois. D'un autre moment que j'ai passé avec elle. Ici.

Il prit une poignée de sable dans sa main valide et la laissa glisser entre ses doigts.

La fille l'observait.

Tu veux bien lui dire quelque chose de ma part ?

Tout ce que tu voudras.

Dis-lui que j'ai adoré apprendre à faire toutes les choses que je sais qu'elle faisait aussi.

Je n'y manquerai pas, dit l'homme.

Le matin, lorsque la fille se réveilla, l'homme, penché sur le feu, récupérait à la cuiller une balle blanche mouchetée de terre et d'algues dans une marmite. Elle se frotta les yeux.

Tu aurais dû me réveiller, dit-elle.

J'ai mis une marmite à bouillir la nuit dernière après que tu t'es endormie. Contre les rochers, avec le clair de lune, j'ai trouvé une bonne quantité de bois flotté utilisable. Goûte. Notre première fournée.

Sa main blessée était toujours enveloppée de feuilles de plantain, et il la tenait contre son flanc. De sa main valide, il déposa une pincée de sel dans la paume que lui présentait la fille.

Elle la lécha.

C'est fort, grimaça-t-elle, et elle recracha un petit morceau d'algue.

L'homme secoua la tête en souriant.

On pourra les retirer en rentrant à la maison, dit-il. Faisons deux autres feux par là. Hors de portée de la marée. Ensuite, tu n'auras qu'à prendre ton petit déjeuner, moi, je m'allongerai un peu.

Il se réveilla dans l'après-midi et se leva lentement. La fille, assise au soleil, façonnait ses morceaux de verre pour en faire des pointes de flèche, produisant des éclats de lumière lorsqu'elle travailla sur le miroir. En le voyant, elle rangea ses pointes dans sa bourse. Désormais, il gardait sa main contre son flanc en permanence, comme si elle s'y était retirée d'elle-même. Il marcha vers les feux.

Tu as dormi longtemps, dit-elle.

J'étais fatigué.

L'eau bout vite. Dès ce soir, on aura davantage de sel.

Encore quelques jours, dit-il, et on devrait en avoir suffisamment pour un bon bout de temps.

Elle désigna sa main d'un geste et dit : Montre-moi ça.

Il la lui tendit. Elle défit les feuilles de plantain et décolla le cataplasme séché. Les traces de crocs étaient toujours visibles dans la paume, où la peau était violacée, et le dos de sa main d'un rouge vif, avec des traînées blanches émanant de la plaie.

Ça va avoir l'air de plus en plus moche avant de s'arranger, dit-il.

Je vais te faire un nouveau pansement.

Il acquiesça. Où as-tu appris à faire le médecin ?

Auprès de toi, dit-elle.

Ils mangèrent leurs derniers morceaux de viande fumée à la lueur du feu et la fille s'inquiéta tout haut, car il ne restait plus de nourriture pour le voyage de retour.

On peut pêcher, dit l'homme.

Maintenant ? demanda-t-elle.

Il observa la ligne des vagues qui avançaient et reculaient sur la plage.

Demain matin. Juste avant la marée haute.

Elle lui demanda ce qu'il entendait par la marée et la ligne de la marée, et l'homme lui expliqua l'attraction que la lune exerçait sur la terre, et la montée et la baisse des océans deux fois par jour, avec cependant un intervalle libre entre les deux où on disait la mer étale, si bien que le phénomène ne se produisait pas à la même heure d'un jour à l'autre.

Partout ? demanda-t-elle.

Partout où il y a des océans.

La fille regarda les vagues. Pourquoi n'y a-t-il pas de marées sur le lac ?

Trop petit, dit-il. Cet océan, là, il couvre près d'un quart de la terre. Et ça fait beaucoup. Je ne l'ai pas vu en entier et je ne sais pas si c'est seulement possible, mais je l'ai lu, et je pense que c'est vrai.

Qu'est-ce qui couvre le reste de la terre ? demanda-t-elle.

Il se leva, chancelant, et elle se leva pour l'arrêter, mais il dit : Non, je veux que tu voies ça.

Il ramassa un bâton, et à la lueur du feu dessina un cercle dans le sable. Au milieu du cercle, il traça un X et lui expliqua que, si le cercle représentait la planète terre, seul un quart du X était constitué par des terres. De l'eau, partout, des mares printanières au sommet des montagnes jusqu'au fond des océans, recouvrait le reste, et l'océan en formait la plus grande partie.

Celui-là n'est pas le seul, dit-elle.

Non. Quand j'étais petit, le seul autre homme que j'aie rencontré à part mon père nous a raconté que, si on marchait pendant trois cents jours en direction du soleil couchant, on parviendrait à un océan encore plus grand que celui-ci. Et il y en a encore d'autres.

Tu l'as cru ? demanda la fille.

Il venait de l'ouest et il était en route pour y retourner. On ne l'a jamais revu.

D'accord, dit la fille. Mais pourquoi l'océan a des marées, et pas le lac ?

Laisse-moi te poser une question, dit l'homme. Que se passe-t-il quand il y a de l'eau au fond du canoë et que tu le remues ?

L'eau clapote d'avant en arrière.

Exact. Donc le canoë est comme la terre. Et tu es comme la lune. Et l'eau dans le canoë, c'est l'eau de l'océan. L'eau dans le lac, c'est juste une goutte sur le plat-bord du canoë. S'il n'y en a qu'une, elle ne fait pas grand-chose. Mais dans toute l'eau du lac, elle joue son rôle.

La fille s'assit.

C'est la lune qui fait ça ? demanda-t-elle.

Tous les jours, répondit l'homme.

Il regarda la plage, où les vagues parvenaient si haut désormais que le sable précédemment sec était maintenant mouillé et lisse.

La marée est presque haute, fit-il observer. Elle sera basse au petit matin, et elle montera de nouveau quand on se réveillera. On ira quand elle sera haute.

La fille hocha la tête. Il y avait encore beaucoup de questions qu'elle aurait voulu poser, mais elle les abandonna au silence dans lequel avait sombré son père, assis devant les braises du feu, qu'il contemplait comme s'il s'agissait de soleils minuscules se couchant sur un monde de sable et d'eau, et qu'un moment de solitude lui était donné afin de les voir dans l'évanescence de leur chaleur.

Il se leva tôt pour surveiller les feux et récupérer un autre bol de sel. Il avait mal au cou. Il examina sa main et la retourna dans la lumière de l'aube. La paume était de la couleur de l'horizon, le dos un demi-cercle de croûtes dont suintait du pus.

Il observa le rassemblement à l'est et dit : Vous ne pouvez pas m'enlever à elle maintenant. Elle n'est pas prête. Pas encore.

Il enveloppa sa main dans les restes de grand plantain et un morceau de peau de chevreuil, et attacha le tout avec deux lanières de cuir brut. Puis il alla trouver la fille et la réveilla doucement.

La marée est juste comme il faut, dit-il.

Elle prépara une infusion tandis qu'il prenait un hameçon et une ligne dans son sac et les attachait. Puis il trouva un morceau de bois flotté long comme un bras et le fixa à la ligne, au-dessus de l'hameçon, à une distance à peu près équivalente à la taille de la fille.

Ils descendirent au bord de l'eau et l'homme commença à creuser avec son talon dans les embruns, faisant jaillir de petites bulles du sable.

Plonge tes mains là-dedans comme si c'était un bol de myrtilles et dis-moi ce que tu sens, dit-il.

Elle se mit à genoux, enfonça les mains dans la bouillie, et les retira aussi vite qu'elle le put.

Quelque chose m'a mordu ! s'écria-t-elle.

Mais non. C'est une puce de mer.

Il attendit une autre vague et enfonça sa main valide dans l'eau et en ressortit un petit crustacé rampant de la taille de son pouce.

On va s'en servir comme appât, dit-il.

Elle en attrapa un autre et il passa un gros hameçon dans les deux, puis il lui dit de retirer ses chaussures et d'en poser une sur sa main. Elle s'exécuta, et il enroula la moitié de la ligne de pêche autour.

Maintenant, voilà ce que tu vas faire, dit-il. Avance jusqu'à avoir de l'eau à peu près jusqu'aux genoux, et jette ce bâton aussi loin que tu le peux dans les vagues. Ensuite, tu ramènes la ligne en l'enroulant autour de la chaussure que tu tiens à la main. Vite, mais pas trop. Et fais attention à ce que la ligne reste sur ta chaussure. Elle t'entaillerait, sinon.

Son premier lancer fut long, et il dit : C'est ça. Maintenant essaie encore, et fais en sorte que ces puces aient l'air vivantes.

Elle répéta le geste à six reprises et, après la sixième, elle tira le matériel jusqu'à la plage et le laissa dans le sable.

Il n'y a pas de poissons, ici, dit-elle.

Il y a toujours des poissons ici.

Il retira de l'hameçon les puces sans vie et en mit deux autres.

Maintenant, dit-il, quand tu la ramènes, tu tires doucement sur la ligne, puis tu accélères, alternativement, comme ça.

Elle s'avança dans les vagues et jeta hameçon, appât et ligne aussi loin dans l'eau qu'elle le put.

À son second lancer, en manœuvrant la ligne ainsi que l'homme le lui avait indiqué, elle sentit une traction puissante à l'autre bout, et il le vit.

Tire fort ! cria-t-il.

La ligne se tendit.

Mets ton pied droit derrière toi et enroule cette ligne autour de la chaussure. Pas à côté !

Elle se campa sur ses jambes et tira, comme le poisson. On aurait cru qu'elle rétrécissait dans les vagues car son pied droit s'enfonçait dans le sable. Avec la ligne de plus en plus serrée autour de sa main, elle comprit pourquoi elle avait mis sa chaussure dessus. Au bout de quelques tours, le poisson fit un bond hors de l'eau et l'homme lui recommanda de laisser un peu de mou pour le laisser filer. Elle le sentit plonger vers le large et craignait de le perdre lorsqu'il se mit à ralentir. Soudain, elle ne sentit plus rien.

Elle enroula la ligne, accélérant de nouveau.

Il se fatigue, dit l'homme. Continue de tirer.

Il s'assit sur le sable.

Continue de tirer, répéta-t-il si bas qu'elle ne pouvait entendre. Tu as gagné, cette fois.

Cela prit le plus clair de la matinée, mais elle ramena sa prise sur le rivage en enroulant la ligne tout en reculant lentement sur le sable, et un énorme poisson rayé de noir et d'argent tomba à ses pieds, étincelant au soleil. L'homme s'en approcha, le ramassa en pinçant la mâchoire inférieure avec son pouce valide et le souleva. La fille n'avait jamais vu un aussi gros poisson.

Tu vas pouvoir te nourrir pendant des jours, avec ça, dit-il, et il le reposa, sortit son couteau, et planta la lame dans la tête. Le poisson fit claquer sa queue une dernière fois, puis resta gisant sur le sable.

Pendant deux jours, ils entretinrent leurs feux, pêchèrent et dormirent dans leurs couvertures, sur le sable, à la belle étoile ; l'homme s'affaiblissait, son cou et le haut de son corps se raidissaient. Le troisième jour, ils furent réveillés par les braises qui sifflaient, le visage bombardé de grosses gouttes de pluie. La fille rassembla ses affaires de couchage et son sac et courut dans la grotte. L'homme enfila les bretelles de son propre sac et tenta de le soulever mais n'y parvint pas. La fille retourna vers lui en courant et le lui prit, même s'il n'était pas plus lourd que son arc. Son père était blême, il avait l'air épuisé. Elle mit sa main sur son front.

Tu es brûlant, dit-elle.

Il tenta de hocher la tête mais n'y parvint pas. Il désigna les marmites pleines d'eau.

Tant pis, dit-elle.

Elle plaça le bras valide de l'homme autour de son épaule et ils rejoignirent la grotte en boitillant. Elle l'allongea sur le tas de couvertures et retourna aux marmites en courant. Elle les renversa et essuya l'intérieur, puis coupa un bâton en deux, fouilla dans la cendre, et retira les plus gros charbons qu'elle put trouver. Elle les plaça dans une des marmites qu'elle recouvrit avec une autre puis retourna à la grotte en courant sous l'averse.

Ils gardaient dans un coin le bois qu'ils avaient ramassé les jours secs. La fille vida le trou dans lequel ils avaient fait leur premier feu de camp le soir de leur arrivée, y disposa ses morceaux de charbon, et les recouvrit de petit bois. Elle souffla sur le tas jusqu'à ce qu'il se mette à fumer puis s'allume, et empila ensuite dessus tous les bâtonnets et branches qu'elle put trouver sur le sol.

Son père resta étendu sur les couvertures toute la journée, frissonnant et fixant le plafond de la grotte. De temps à autre, elle le faisait asseoir et arrangeait sa couche tant bien que mal avant de le rallonger. Elle lui donna de l'eau et il tenta de boire, sans y parvenir, et elle retira la gourde, humecta son visage avec sa chemise, et le regarda dériver entre la veille et le peu de sommeil qu'il arrivait à grappiller.

Le crépuscule approchait lorsqu'elle se rendit compte qu'ils n'avaient mangé ni l'un ni l'autre depuis la veille au soir et qu'elle avait faim. Un second poisson se trouvait dans son sac, enrobé de sel, et elle plaça des algues sur les braises au bord du feu et posa le poisson dessus pour le faire cuire dans la vapeur. Elle le retourna jusqu'à ce que la chair se détache des arêtes par gros morceaux, après quoi elle l'éloigna du feu.

Elle demanda à l'homme s'il avait faim, et il hocha faiblement la tête.

Il s'assit, prit un peu de poisson que lui donnait la fille, le mit dans sa bouche, tenta d'avaler et, une fois encore, n'y parvint pas. Il ouvrit la bouche et se pencha en avant, et du poisson et de la bave dégoulinèrent dans le sable. Il se rallongea sur les couvertures, les yeux mouillés et écarquillés par les larmes, et par ce qu'il ne pouvait exprimer, la peur, elle le savait.

Le soir, tous les membres de son corps étaient raides et convulsés, ses yeux regardaient fixement la paroi de la grotte, et son visage était figé dans un rictus bizarre qui, à la lueur du feu, semblait contredire sa douleur. Le seul son qu'il émettait, c'était quand tout son corps se contractait, se soulevant de la couverture dans un arc tordu. Là, de derrière ses dents, un mélange de gémissement et de cri s'échappait de sa bouche. Si elle le touchait, il avait un mouvement de recul. Elle resta assise près de lui et lui parla doucement, se taisant pendant les spasmes, et recommençant une fois qu'ils étaient passés. Elle lui rappela les cadeaux qu'il lui avait faits tous les ans la veille du solstice, les choses qu'il lui avait appris à fabriquer, et celles qu'elle avait fabriquées avec lui. Elle lui dit que ses histoires resteraient avec elle tant qu'elle aurait de la mémoire et que, s'il mourait, elle le ramènerait chez eux à la montagne isolée et le placerait dans la tombe à côté de sa mère, à côté de la pierre qui ressemblait à un ours, et qu'elle vivrait là-bas aussi longtemps que les saisons le lui permettraient. Elle dit qu'elle espérait que ce serait longtemps, car il restait encore une histoire à raconter, dont ni lui ni elle ne connaîtraient jamais la fin.

Elle se réveilla en sursaut au milieu de la nuit. Le feu s'était éteint, mais la lune brillait encore, et elle sut qu'il ne dormait pas. Elle plaça son visage au-dessus du sien et sentit sa respiration superficielle, puis prit sa main valide dans la sienne.

Ses lèvres remuaient encore au-dessus de ses dents toujours serrées, mais elle ne comprenait pas ce qu'il disait.

Encore. Encore, dit-elle, et elle approcha tant son visage que les lèvres de l'homme effleurèrent son oreille.

Tu vas me manquer, murmura-t-il.

Cette fois, elle comprit et serra sa main plus fort.

Tu vas me manquer aussi, dit-elle. Je te parlerai. Tu seras là pour écouter si j'ai besoin de toi ?

Oui, dit-il.

Elle se rendormit, la tête près de la sienne, écoutant ses dernières respirations et, lorsqu'elle se réveilla le matin, avec le soleil qui se levait, d'un blanc éclatant, sur l'horizon, il était mort.

Elle toucha son visage, curieusement ramolli maintenant que ce qui l'avait pris l'avait quitté, baissa ses paupières du bout des doigts et tira la couverture sur sa tête.

Dors bien, dit-elle.

La pluie avait cessé. L'atmosphère matinale était humide et stagnante et les mouches venues des terres commençaient à pulluler maintenant que la brise océanique n'était plus là pour les repousser dans les marais. Il restait encore au moins une lune avant l'équinoxe, réalisa-t-elle, et deux de plus avant qu'elle ne parvienne à la maison. Elle se tourna face à la mer et sortit de la grotte, s'assit dans le sable à l'emplacement des feux, et pleura.

Elle ne bougea pas, ne mangea et ne but même pas de toute cette journée, jusqu'à la suivante. Quand elle dormit, elle dormit accroupie sur le sable. Quand elle se réveilla, elle se leva et se rassit dans cette même position, regardant le soleil se lever sur un nouveau jour comme il l'avait fait la veille et le ferait le lendemain. Une brise venue de l'ouest se leva dans la nuit et souffla assez fort pour décapiter les brisants lorsqu'ils s'écrasaient sur la rive et, avec cette brise, venait l'odeur d'humus de la forêt et de l'eau douce, et la fille sut, dans sa faim et dans son chagrin, ce qu'elle avait à faire.

Elle traça un cercle dans le sable en se servant de son propre corps pour rayon, puis, à mains nues, le creusa jusqu'à la profondeur de son avant-bras et le garnit des rochers les plus plats qu'elle put trouver. Autour d'elle, presque tout étant encore mouillé après la pluie, elle prit tous les rondins qui restaient dans la grotte et les empila en couches perpendiculaires dans le trou. Puis elle partit en chercher d'autres dans la forêt.

Toute la journée, elle arracha des branches à des arbres tombés le long du ruisseau et remonta plus au nord en quête de bois flotté. Quand vint l'après-midi, un tas de petit bois, de longues branches et de troncs morts séchaient sur la plage au soleil. Et lorsque ce soleil se coucha derrière le cap ouest derrière elle, elle construisit le bûcher dans le sable pour l'homme.

La lune se lèverait tard, elle le savait, mais elle n'éprouvait pas le besoin d'avoir d'autre éclairage que celui des flammes. En guise de bière, elle utilisa sa couverture, et elle tira le corps de la grotte jusqu'au trou sur le sable, puis prit l'homme et la couverture dans ses bras, le souleva avec un grand cri de colère et de rage contre sa propre solitude dans le monde, et le plaça sur le bûcher qu'elle avait préparé pour l'accueillir.

Elle prit tous les copeaux de cèdre qui restaient dans son sac, l'écorce du bois qu'elle avait ramassé et les cartes en papier que son père avait apportées et consultées en route, et cogna son morceau d'acier contre son morceau de silex jusqu'à ce que les étincelles fassent prendre le petit bois, qui se mit à fumer dans un coin minuscule du bûcher. Elle souffla avec le peu de force qu'elle avait, affaiblie comme elle l'était par la faim et l'épuisement, mais cela suffit à faire monter la flamme, qui se répandit au fond du tas. Et lorsque le brasier se mit à tout dévorer, elle remonta une dernière fois à la grotte, ramassa son arc et ses flèches, et retourna devant le feu. La chaleur la fit reculer, mais elle leva l'arc et le carquois en peau de chevreuil au-dessus de sa tête et les jeta au milieu de la conflagration. Ensuite, elle se mit à genoux, couvrit son visage de ses mains, et se prosterna en avant dans le sable tel un pèlerin d'autrefois, incapable ou refusant dans son humilité de regarder le feu s'élever de plus en plus pour prendre l'homme.

Elle était seule dans le canoë, pagayant vers la rive, où son père l'attendait, mais le lac était si vaste qu'il semblait sans fin alors que sa proue fendait l'eau, et le temps ralentissait et les feuilles des arbres, sur l'île, commençaient à virer du vert au jaune et au rouge. Elle sentit une odeur de myrtilles trop mûres et eut envie de plonger les mains dans l'eau fraîche et de les presser contre ses joues, mais l'humidité qu'elle sentit sur son visage était chaude et épaisse, avec une odeur de poisson.

L'ours retourna la fille du bout de son museau et lécha la croûte de sommeil et de sel dans ses yeux ; elle se réveilla au spectacle d'une éclipse du ciel floue, en forme de tête.

On est à la maison ? demanda-t-elle sans bouger, recroquevillée dans le sable, frissonnante.

Non, répondit l'ours.

La fille se secoua, tenta de se lever d'un coup, et s'effondra.

L'ours recula et ils se regardèrent à travers la distance qui les séparaient.

Tu peux faire un autre feu ? demanda l'ours.

La fille ne répondit pas. Elle envisagea de s'enfuir, de remonter en haut de la plage en marchant en crabe et de foncer vers les rochers. Mais une faiblesse et une soif dépassant tout ce qu'elle avait connu se mirent à la tenailler. Elle ne savait pas du tout depuis combien de temps elle n'avait ni mangé ni bu. Ni depuis combien de temps elle dormait. Elle regarda le sable noirci qui avait été un feu, à un bras d'elle, et aucune fumée ne s'élevait du bûcher. Aucune braise ne rougeoyait. Aucune chaleur ne demeurait.

Plus petit, cette fois, précisa l'ours.

Elle se retourna vers l'animal et repensa à l'ours qu'elle et son père avaient vu pêcher des années plus tôt sur les rives du lac, sa fourrure d'un noir bleuté, la marque blanche sur sa poitrine, le fait qu'il voyageait seul. Celui-ci lui ressemblait. Les ours mâles vagabondent, avait dit l'homme, et il valait mieux les laisser faire. Pendant un bref instant, elle chercha son arc d'une main, mais la laissa retomber avant même de toucher le sable.

Il ne reste plus rien à brûler, dit la fille.

Il reste toujours quelque chose, dit l'ours. Sa voix évoquait un roulement de tonnerre dans le lointain, qui s'attarde longtemps après un orage, mais en plus grave, comme si, avec cette distance, venait dans le présent une tristesse égale à la sienne.

Regarde par là.

Elle se tourna vers la falaise et vit un tas de petit bois et de branches sur la plage.

Je les ai ramassés pendant que tu dormais. Il faut que tu manges, si on veut s'en aller d'ici.

Elle regagna un peu de force grâce à une poignée de cynorhodons pas mûrs dont elle retira les graines et les poils avant de les avaler entre deux gorgées d'eau de la rivière. Avec des herbes sèches ramassées sur la plage et de l'écorce de bouleau, elle construisit un petit feu et l'alimenta avec les brindilles et branches réunies par l'ours. Puis elle prit une truite que l'ours lui avait pêchée dans le ruisseau qui coulait dans la forêt, l'essuya, la vida et la cuisit sur des jeunes pousses et des algues humides posées par-dessus des morceaux de charbon qu'elle plaça sur le côté du feu.

Elle mangea avec voracité, n'en laissant pas une miette. Lorsque la truite ne fut plus qu'un squelette dont les yeux avaient également été dévorés, elle leva la tête pour voir s'il restait quelque chose, s'aperçut qu'elle n'avait pas vu l'ours depuis un moment et se demanda s'il n'avait pas été une sorte d'illusion ou d'apparition. Mais ça n'expliquerait pas le poisson, se dit-elle, et elle vit l'ours descendre sur la plage dans sa direction, à quatre pattes, deux autres poissons dans la gueule. Quand il arriva à son niveau, il en laissa tomber un dans le sable. Elle lorgna celui que l'ours tenait encore dans ses mâchoires et il le lui lança d'un coup de tête, si bien que le poisson atterrit quasiment sur ses genoux. Elle le ramassa et le fendit d'un seul geste avec la lame de son couteau, retira les boyaux, et le fit cuire sur la même grille de bois vert que le précédent.

Le soir les trouva installés devant un brasier de bois mort brillant comme un petit phare qui aurait pu, autrefois, servir de signal aux bateaux en quête d'un coin sûr pour s'amarrer mais ne brûlait plus, désormais, pour les bateaux. La fille, de nouveau, était assise à distance de l'ours et ne disait pas un mot, tant étaient puissants ses soupçons, sa peur, son chagrin, et cela, l'ours semblait le comprendre. Il remua sa carcasse imposante sur le sable et expliqua à la fille que toute la forêt avait cru que le bûcher sur lequel elle avait déposé son compagnon était un incendie causé par la foudre dans l'été finissant, comme c'était souvent le cas, et tous les êtres vivants s'étaient dirigés vers le premier abri qu'ils avaient pu trouver en sentant la cendre et la fumée dans le vent. Mais l'aigle, qui pouvait voir ces choses, avait parlé de la fille à l'ours, et lui seul était venu jusqu'à la plage où il l'avait trouvée endormie. Il l'avait déjà remarquée sur les berges du lac et il avait été très impressionné en la voyant pêcher avec son arc ; aussi en la voyant là, perdue et sans son compagnon, il avait su que c'était lui qui ferait avec elle le voyage du retour jusqu'à la montagne isolée.

Elle l'écouta expliquer tout cela en silence, et se tut encore un long moment une fois qu'il eut terminé, puis elle le regarda à travers le feu et dit d'une voix maussade : Ce n'était pas mon compagnon. C'était mon père.

Je sais, dit l'ours. Et je suis navré.

Et comment se fait-il que tu puisses me parler ? demanda la fille, le chagrin et la colère perçant dans sa voix.

Il y aura un temps et un lieu pour répondre à cette question, dit l'ours. Ce n'est ni l'un ni l'autre. On a déjà dépassé l'équinoxe et nous devons nous mettre en route si nous voulons être rentrés avant l'hiver.

Je n'ai dormi qu'une journée, protesta la fille.

Tu as dormi une lune entière, répliqua l'ours.

La fille scruta la danse de l'ombre et de la flamme sur le museau de l'ours tandis qu'il parlait, puis leva les yeux sur le ciel nocturne, où une lune presque pleine venait de s'élever à l'horizon.

Ce sera la lune des moissons dans quelques jours, dit l'ours. Je vais te dire, je crains que le bon moment ne soit déjà passé pour nous, mais nous irons aussi loin que nous pourrons, et nous ferons pour le mieux.

La fille baissa les yeux sur le feu puis regarda de nouveau l'ours.

Pourquoi tu as attendu si longtemps pour me réveiller ? demanda-t-elle.

Parce que le sommeil est le seul baume que je connaisse, dit l'ours.

Elle resta éveillée sur sa couche pendant toute la nuit, sombra dans un demi-sommeil juste avant l'aube, ouvrit l'œil avec le soleil, chercha de nouveau son arc d'une main, et ne trouva que le sol de la grotte. Elle se leva mais n'alluma pas de feu. Elle ouvrit le sac de son père fabriqué si longtemps auparavant avec la peau d'un chevreuil et le vida de sel, couteau, casseroles, ligne de pêche et hameçons. Puis elle sortit sur la plage, où l'ours, assis, contemplait l'horizon, à l'est. Il se tourna et regarda la fille retirer ses chaussures et, le sac vide à la main, monter pieds nus sur le tas de cendres qui avait été le feu sur lequel elle avait déposé l'homme ; il l'observa tandis qu'elle donnait des coups de pied dans les bûches noires, à présent froides, et se mettait à décrire un cercle de plus en plus petit vers le centre, avant de s'agenouiller.

Pendant un long moment, elle resta à genoux, mains le long du corps, yeux baissés. Puis elle leva la tête et se mit à ramasser les ossements de l'homme dans la cendre et le sable calciné, saisie par leur taille et leur légèreté chaque fois qu'elle en soulevait un et le gardait un instant dans ses mains, le cœur gros, avant de le glisser délicatement dans la peau tannée. Os des bras. Des jambes. Du dos et du pelvis. Cou et clavicule. Elle écarta un monticule de charbon pour trouver le crâne. Cette relique entre ses mains, elle contempa le creux des yeux et du nez, les dents perlées comme de la nacre par le feu, le sommet de la tête fendu et couvert de cendres. Elle le pressa contre sa poitrine et le berça, et encore une fois elle pleura.

Les doigts noircis et entaillés, lorsqu'elle eut déterré tous les restes qu'elle put trouver, elle se redressa et se mit à ramasser le sable mêlé de suie qui avait entouré le squelette et à le verser doucement sur les os dans la peau, si bien qu'on aurait dit qu'elle était à genoux dans un cercle blanc au milieu des cendres. Puis elle sortit du trou et retourna à la grotte. Là, elle roula la peau qui contenait les ossements comme elle l'aurait fait de n'importe quelle couverture, l'attacha avec deux lanières de cuir brut et rangea le tout au fond de son propre sac. Par-dessus, elle plaça les affaires de son père et un sachet de sel. Et, encore dessus, elle mit son propre couteau, sa boussole, sa bourse contenant silex, acier, peigne et éclats de verre, et la nourriture qui lui restait pour le voyage. Elle leva le sac et le mit sur son épaule, avant de redescendre à la plage pour annoncer à l'ours que l'heure était venue.

Ils se mirent aussitôt en route. Ils suivirent d'abord le ruisseau jusqu'à la forêt, puis marchèrent vers le nord-ouest en se fiant aux points de la boussole de la fille, retraversant l'arrière-pays et la végétation dense de pins. Si l'appareil à trouver son chemin, qu'elle suivait sans faillir, laissait l'ours indifférent ou sidéré, il n'en montra rien. La première nuit, ils campèrent sur une vieille butte rocheuse, sous la lune qui éclairait la côte par-derrière dans le lointain et brillait sur les contreforts à l'ouest. Ils repartirent au matin.

Il était midi, ils évoluaient entre des bouleaux espacés et des buissons de thuyas géants lorsque l'ours arrêta la fille et lui demanda ce qu'elle tenait. Elle lui expliqua que c'était un cadeau de son père, qui pointait vers le nord quelle que soit la manière dont elle le tenait, et l'ours répondit : Alors tiens-le devant toi, maintenant. Il faut qu'on se dirige vers le nord à partir d'ici.

La fille ne lui posa pas de questions et, jusqu'au crépuscule, tous deux marchèrent sans s'arrêter, puis ils s'allongèrent sans faire de feu, dans une forêt de pins qui murmura autour d'eux toute la nuit. Et lorsqu'ils se remirent en route au matin et grimpèrent au sommet de la colline la plus haute qu'ils aient escaladée depuis qu'ils avaient quitté la côte, la fille se rendit compte que le chemin que lui avait fait prendre l'ours contournait la zone où se trouvaient les murs. Elle se demanda s'il savait ce qui s'était passé là-bas, ou s'il évitait ces territoires pour une question d'instinct ou d'itinéraire, mais elle ne lui posa pas la question, et ne regarda pas en arrière depuis le sommet de cette colline pour apercevoir ces lieux à l'horizon.

Les jours qui suivirent furent des jours de soleil chaud et de brises fraîches dans les forêts, et les deux voyageurs se levaient tôt chaque matin pour gagner du temps. Ils marchaient vers le nord un jour, plein ouest le lendemain, et vers le nord-ouest le surlendemain. Ils menaient la marche tour à tour lorsqu'ils se mettaient en route au lever du soleil, si bien que, même s'ils paraissaient satisfaits de leur progression, leur chemin ressemblait plutôt à celui de vagabonds perdus et superstitieux, choisissant les escarpements et contournant les vallées : on aurait dit non qu'ils tenaient compte des reliefs de la nature sauvage, mais qu'un dé était jeté chaque nuit avant qu'ils s'endorment et que le hasard seul fixait la direction qu'ils allaient prendre l'aube venue.

Ils mangeaient des truites qu'attrapait l'ours dans les torrents à fond calcaire au bord desquels ils campaient, des pignons que la fille détachait de leurs cônes comme un écureuil, et des raisins et framboises sauvages qu'ils cueillaient dans d'énormes buissons automnaux. L'ours siphonnait les baies sur les lianes et les branches comme si c'était juste de l'air. Ils mangeaient des molènes, des cynorhodons et des massettes. Plus loin, ils ramassèrent des noix de pécan, du sassafras, des samares d'érable, et le cambium des bouleaux et pins blancs lorsqu'ils commencèrent à grimper plus avant dans les bois. L'ours semblait savoir où se trouvait chaque fruit, plante sauvage et arbre à coque sur leur chemin ou à proximité, et de cela la fille fut aussi surprise qu'elle était reconnaissante de la nourriture offerte par la forêt.

Un matin, dans un pré, ils trouvèrent un carré de gerbes d'or épanouies comme le soleil, et l'ours s'arrêta pour observer les abeilles qui butinaient de fleur en fleur avant de s'envoler avec leur cargaison de pollen. Chacune d'entre elles, il la suivait du museau, et il gardait les yeux fixés sur le lointain du côté où elle disparaissait, comme s'il était simplement satisfait d'observer leur travail, jusqu'au moment où il dit à la fille : Par là.

Ils avancèrent en ligne droite du pré à la forêt et tombèrent sur un grand érable frappé par la foudre, fendu et cassé au milieu ; des abeilles faisaient des va-et-vient à l'intérieur de la souche, le bourdonnement sourd de leur présence à peine audible au-dessus du sol. La fille sut alors ce qu'ils cherchaient. L'ours avait observé le manège des abeilles entre les fleurs et la ruche, tout comme son père le faisait jadis, et il avait trouvé l'arbre à miel. Sans ralentir, l'animal grimpa sur le tronc en se dandinant jusqu'à arriver au niveau de la fente et avança ses griffes et sa tête dans le tronc. Les ouvrières déferlèrent sur lui et recouvrirent son museau, mais il ne sembla pas s'en émouvoir le moins du monde. La fille le regardait d'en bas tandis qu'il s'accrochait au tronc avec ses pattes arrière, creusant avec les deux autres dans ce qui se cachait au fond, et dévorant par grandes griffées abeilles, larves, alvéoles, tout ce qui s'accrochait à la fourrure de ses doigts.

Ils ne parlaient guère tandis qu'ils marchaient vers les hautes montagnes jour après jour. Leur langage était la régularité de leur pas et la cueillette de nourriture.

Il était presque midi lorsqu'ils arrivèrent à un petit bosquet de trois noyers au sommet d'une colline, dans un pré qui se trouvait où il n'y aurait pas dû y en avoir, et l'ours s'avança tout seul dans le champ, se dirigeant vers les arbres. Quand il s'aperçut que la fille n'était pas avec lui, il se retourna, la vit qui attendait à couvert, et lança de sa voix tonitruante : Tu viens ?

La fille fit un pas dans la clairière.

Mon père m'a appris à attendre quand j'arrivais à la lisière d'un champ ! lui cria-t-elle en réponse.

Ton père a bien fait, approuva l'ours, et il continua à monter la colline au petit trot.

La fille l'observa, puis s'avança dans des touffes d'andropogon qui se teintaient de cuivre dans le froid automnal. La seule fois où elle s'était trouvée dans un champ si découvert, c'était quand elle et son père étaient allés à la chasse au chevreuil, l'automne de sa dixième année. Elle apprenait à pister, et ils s'étaient aventurés loin de la maison avant de voir le moindre gibier, et lorsqu'ils avaient repéré un animal, le chevreuil mâle que son père avait abattu avec son arc avait bondi des bois dans un champ qui ressemblait beaucoup à celui qui s'étalait maintenant devant elle, s'était étendu dans l'herbe haute et ne s'était jamais relevé. Elle avait voulu courir aussitôt vers lui, mais l'homme l'avait retenue et lui avait expliqué la différence entre le chassé et le chasseur, la peur et le calme, l'aveuglement et la vision. Une fois que l'homme avait été certain que l'animal avait succombé à ses blessures, ils étaient allés le récupérer, l'avaient paré et porté à la maison. Elle pensait à son père en cet instant, à la confiance qu'il vouait à ses talents de chasseuse, à la mort de l'homme ni chassant ni chassé, et il lui manquait, son absence une tristesse à la hauteur de son épuisement. Elle prit une profonde inspiration pour retrouver son équilibre, huma l'odeur de feuille pourrie de l'automne, et sentit le froid de plus en plus mordant. Le vent faisait onduler les herbes, qui lui grattaient les genoux. L'hiver n'était pas loin et elle avait faim. Elle ne savait pas ce qui pourrait un jour calmer son chagrin, mais la nourriture calmerait sa faim. Alors elle remit le sac en place sur son dos et continua de gravir la colline pour rejoindre l'ours.

Là, dans le petit bosquet, des noix pendaient en grappes vertes aux branches extérieures des arbres. Des coquilles marron brisées reposaient sur le sol, la chair dévorée par les oiseaux et les écureuils. L'ours frotta son corps contre le plus gros des arbres, se dressa sur ses pattes arrière, et se mit à secouer la première branche. Une pluie de noix tomba des feuillages. Il se baissa, se rendit de l'autre côté de l'arbre, et recommença l'opération avec une autre branche. D'autres noix s'abattirent telle une averse de grêle. Il passa au suivant et fit de même avec les trois arbres qui poussaient sur ce promontoire.

La fille n'avait pas besoin d'un signal. Elle sortit une écharpe de laine de son sac, l'étala sur le sol, et se mit à ramasser les noix qui étaient tombées. Et quand ils eurent mangé tout leur saoul et que la fille eut essuyé ses doigts noircis dans l'herbe, l'ours finit de se lécher les griffes et dit : Il y a aussi un pommier. Je le sens.

Ils grimpèrent jusqu'au sommet de la colline et continuèrent sur l'autre versant, dans la direction où recommençait la forêt et, à l'autre bout, à la limite entre l'ombre et la lumière, se dressait un pommier, pas grand, et pas complètement à maturité, mais assez gros pour donner plus de pommes que les écureuils et les chevreuils ne pouvaient en manger. L'ours s'approcha, se dressa et secoua l'arbre à son tour, si bien que les fruits tombèrent sur le sol et la fille les ramassa. Certaines pommes, ils les mangèrent directement. Les autres, la fille les emballa dans son écharpe et les rangea dans son sac. Lorsqu'ils eurent terminé, le soleil avait dépassé son zénith dans le ciel et l'ours étira son corps et sa tête dans l'air.

Tu es prête ? demanda-t-il à la fille.

Elle hocha la tête et ils s'engagèrent dans la forêt comme sur une piste déjà marquée et battue.

La chaîne de montagnes s'élevait, capuchonnée de neige et éclairée par le crépuscule, au nord, lorsqu'ils émergèrent de la forêt et s'arrêtèrent à la rivière. Ils entendaient le grondement de l'eau depuis un certain temps en traversant les bois et, à présent, le rugissement du courant devant eux était si bruyant qu'ils retournèrent en arrière, à la lisière des arbres, pour établir leur campement.

L'ours pêcha dans un tourbillon depuis la berge, et la fille fit un feu. Autour du feu, une fois qu'ils eurent fini de manger, la fille raconta à l'ours qu'elle et son père avait longé ces mêmes rives en sortant des hautes montagnes, par lesquelles ils avaient dû passer pour traverser la rivière d'ouest en est. Même au milieu de l'été, son père l'avait attachée à lui, tant le courant était violent, et elle avait tout de même craint d'être emportée. L'ours disait que c'était un rapide, et qu'il avait vu un ourson s'y noyer en pataugeant sur les bords non loin de là où ils se trouvaient. Eux aussi, ils allaient escalader les montagnes devant eux, lui dit-il, mais les hauts sommets étaient encore loin, trop pour les atteindre avant l'hiver, au rythme où ils avançaient. Le lendemain, ils bifurqueraient vers le nord et, s'il ne neigeait pas, en quelques jours ils arriveraient à une grotte où ils pourraient s'abriter.

Alors je ne rentrerai pas à la maison, dit la fille, pas comme une question, mais du même ton neutre, indifférent qu'elle employait depuis le début avec l'ours.

Pas de ce côté-ci du solstice, lui répondit-il. Pas avec cette rivière devant nous et un tel froid.

Nous n'avons qu'à suivre la rivière jusqu'aux neiges et je pourrai traverser toute seule, dit la fille.

Traverser maintenant, là où tu n'as pas pu traverser avant ? demanda l'ours, et de son museau il pointa vers la chaîne de montagnes au loin, le coucher du soleil se reflétant dans son alpenglow.

Déjà, c'est commencé, ajouta-t-il. On va grimper jusqu'à la limite des arbres. Là, on devra tous deux se préparer.

La soirée fut plus froide que la précédente. La fille fit un feu avec le bois mort qui gisait en abondance tout autour et, avec la rivière à faible distance du bosquet de hêtres dans lequel ils avaient établi leur campement, le son du courant rapide semblait à ses oreilles un chœur de voix plus nombreuses qu'elle n'en avait entendu de sa vie, et elle demanda de nouveau à l'ours comment il se faisait qu'il puisse parler.

L'ours remua sur place, poussa un soupir et resta coi un moment. Lorsqu'il parla enfin, il expliqua qu'autrefois tous les animaux savaient produire les sons que la fille et son père utilisaient entre eux. Mais les autres comme elle avaient cessé d'écouter, et cette aptitude s'était perdue. Quant à l'ours, il l'avait apprise de sa mère, qui l'avait apprise de la sienne. Tous les animaux n'avaient pas une voix d'une portée audible, dit-il, mais tous les êtres vivants parlaient, et peut-être que la vraie question était comment il se faisait qu'elle puisse le comprendre.

La fille but une gorgée de tisane d'aiguilles de pin dans sa tasse en fer-blanc et réfléchit à la question, puis lui fit remarquer qu'elle trouvait difficile de croire que tous les êtres vivants aient besoin de parler.

Crois-le, dit l'ours. Que tu les entendes ou pas, ils en ont besoin comme d'air pour respirer.

La fille avait trouvé une place pour s'asseoir près du feu dans un vieux faisceau de racines tarabiscotées qui dépassait du sol comme une main flétrie. Elle baissa les yeux et, à la lueur des flammes, suivit leurs ramifications de ses propres mains en s'abîmant davantage dans ses pensées, étudiant la façon dont les racines de hêtres formaient une série de jointures et de doigts qui se ramifiaient à partir de l'épais tronc argenté et disparaissaient dans la terre.

Et les arbres ? demanda-t-elle.

Les arbres aussi, dit l'ours, et il regarda vers le sommet de ces mêmes branches de hêtre. Les arbres sont les grands gardiens de la forêt, les vrais, dit-il, et ce, depuis le début. Des animaux des temps anciens ont raconté que c'étaient les arbres eux-mêmes qui leur avaient appris à parler, car ils n'émettent jamais un son qui ne soit nécessaire. Chaque mot, tel un souffle, transporte avec lui un bien, une finalité. Pour cette raison, les arbres sont les créatures les plus sages et les plus compatissantes des bois. Ils font tout ce qui est en leur pouvoir pour prendre soin de tout et de tous en dessous d'eux, quand ils en ont la capacité.

Les doutes de la fille s'étaient mués à présent en émerveillement. Elle se pencha en avant dans la lueur des flammes et demanda à l'ours : Quel son font-ils quand ils parlent ? Ce n'est pas comme le froissement des feuilles, si ?

L'ours réfléchit un instant et dit : Va au bord de la rivière. Il y a là une pierre autour de laquelle l'eau circule depuis si longtemps qu'un profond tourbillon a été creusé en aval. C'est à cet endroit que j'ai attrapé mon poisson. Vas-y et écoute.

La fille se leva et s'éloigna en suivant la berge jusqu'au bord de l'eau, où elle trouva la pierre et le trou et tendit l'oreille vers l'eau qui tourbillonnait lentement autour. Elle entendit un gargouillement et un sifflement mêlés, un son plus lent que le courant rapide, car l'eau semblait retenue par la profondeur de la fente. Elle plongea la main dans le courant comme pour toucher ce son, puis la ressortit, retourna auprès de l'ours et s'assit.

L'ours savait aussi bien ce qu'elle avait entendu que ce qu'elle n'avait pas entendu et, comme elle gardait à présent le silence, il lui expliqua que les voix des arbres étaient la voix de la forêt et que, quand ils parlaient, ils parlaient avec une telle indifférence au temps qu'il faudrait à la fille plusieurs lunes pour entendre une de leurs conversations, presque une lune entière pour entendre un seul mot. Mais pour eux, ce n'était pas différent de n'importe quelle histoire racontée à n'importe quel autre autour d'un feu dans la nuit, un mot prononcé dans un instant, ou une vie.

Tu n'as jamais eu l'impression que les arbres qui vous entouraient sur votre montagne étaient un peu comme des compagnons pour toi et ton père ? demanda l'ours.

Si, dit la fille, et elle repensa à l'époque où, plus petite, elle allait s'asseoir seule sur un tapis de mousse dans la forêt pour écouter le vent. Certaines fois, elle croyait entendre une voix qui n'était pas le vent, une voix aussi vieille et lente et douce que de l'eau se faufilant entre deux pierres.

C'étaient les arbres, répliqua l'ours, compagnons pour nous tous, qui n'oublient rien de ce qui se produit dans la forêt sous eux et dont les souvenirs s'étalent sur plus de saisons qu'on n'en pourrait compter. Car chacun d'eux porte en lui le souvenir de chaque être vivant qui l'a un jour touché, ou est seulement passé à l'ombre de ses branches et feuilles, tronc et brindilles. Chaque être vivant qui a un jour foulé la surface de la terre.

L'ours regarda alors le feu et dit : Le bois que tu brûles pour faire cuire tes aliments et te tenir chaud ? La fumée qui s'en élève était autrefois un souvenir. Les cendres sont tout ce qui reste de l'histoire à laquelle il appartenait. Quelle autre raison aurais-tu de transporter les cendres de ton père ?

Ils se turent pendant un long moment, jusqu'à ce que la fille pose sa main sur le sac qu'elle gardait toujours près d'elle et dise : Donc ils se souviendront de nous, n'est-ce pas ?

Aussi longtemps qu'ils se dresseront dans la forêt. De ça, j'en suis certain.

La fille et l'ours ne dirent rien d'autre ce soir-là. Elle alimenta le feu avec le peu de bois qui restait et s'enveloppa dans sa couverture de laine, voyant au ciel clair qu'il allait geler dans la nuit. En contemplant le ciel, allongée, elle sentit la chaleur tant du feu que de la forêt diminuer. Elle prit sa couverture, traversa le rond de clarté encore prodigué par les braises et alla s'allonger, pour la première fois depuis qu'ils avaient commencé leur voyage, près du ventre chaud de l'ours endormi.

Ils grimpaient à présent le long d'un sentier étroit, à peine esquissé, en une file indienne qui se tassait et s'étirait à mesure que l'ours suivait le parfum des baies de fin d'automne et que la fille s'éloignait avec son couteau à la poursuite d'un écureuil solitaire qui cherchait des glands sous les feuilles mortes. Puis le sentier s'élargit et tous deux se rapprochèrent et se remirent à marcher côte à côte le long d'un torrent qui allait rejoindre la rivière qu'ils avaient laissée plus bas.

Sans autre intention que passer le temps, l'ours demanda à la fille de lui en dire plus sur son père, et elle lui parla de son talent de fabricant d'arcs, de la beauté et de l'équilibre de l'arc en pacanier avec lequel elle le regardait chasser, des flèches en bouleau qu'il taillait, flèches qui ne manquaient jamais leur cible, à la pointe si acérée qu'elles faisaient couler le sang avant d'avoir jamais touché terre. Et l'arc qu'il avait confectionné avec elle, le jour où il lui avait montré les cannes à partir desquelles il l'avait façonné, comment il l'avait sculpté, la précision avec laquelle il avait réglé le tiller, le soin qu'il avait mis à en faire un arc qu'elle garderait longtemps pour se nourrir et se protéger, même si, de protection, elle n'avait jamais pensé en avoir besoin dans la forêt jusqu'à ce qu'ils arrivent à l'emplacement des murs. C'était pour ça qu'elle l'avait brûlé sur le bûcher avec le corps de l'homme, aveuglée par son chagrin et sa colère de n'avoir pas tué d'abord l'animal qui avait tué son père, et persuadée qu'elle ne méritait plus ce qui lui avait été offert et que, donc, l'arc devait revenir à son créateur, et elle n'avait plus qu'à se débrouiller seule et mourir s'il le fallait.

L'ours écouta en silence tandis qu'ils marchaient, écouta les mots qui commençaient comme l'éloge d'un créateur, puis se transformaient en fumée s'élevant pour s'éloigner, comme libérée d'un encensoir après que les fidèles qui le balançaient dans un passé lointain étaient eux-mêmes devenus des fantômes. Et lorsque la fille eut terminé et que les sons de leurs pas furent seuls à combler le silence, l'ours lui dit : Tu parles comme s'ils avaient disparu, mais tu portes toujours et l'homme et l'arc, comme il se doit. Regarde autour de toi, cela dit. D'après ton récit, tu sais comment fabriquer de nouveau ce dont tu as besoin pour survivre. Il s'en est assuré bien avant de mourir.

La fille ne dit rien, elle approuva les mots de l'ours d'un hochement de tête et continua de remonter le cours du torrent et de ses eaux, qui coulaient plus vite, en bande plus étroite, vers le bas de la montagne.

Au crépuscule, ils arrivèrent à un vallon rocailleux où le torrent filait, bruyant et implacable, entre des racines d'arbre arquées et par-dessus les pierres d'une large chute d'eau donnant sur un bassin profond. Ils mangèrent de petits ombles des fontaines que la fille pêcha avec l'hameçon et la ligne récupérés dans les affaires de son père, des poissons si petits que l'hameçon les rendait difficiles à attraper, et elle eut de la chance d'en sortir deux. Après ce dîner, l'ours partit en quête de fourmis et d'asticots qu'il raclait sur le dessous pourri de grosses branches qui jonchaient la berge escarpée, et la fille resta assise auprès du feu.

Quand l'ours revint, il s'assit en face de la fille et sembla vaciller dans la lueur des flammes. Il lui expliqua qu'il commençait à sentir son besoin de dormir supplanter son besoin de manger, et même sa voix était plus grave et plus lointaine à présent. Il y avait encore un jour de marche en direction des sommets d'ici à la grotte qu'il connaissait. C'était une bonne grotte et elle lui rendrait bien service pour l'hiver, à elle aussi, mais elle devait savoir que le jour où elle allait se retrouver seule n'allait pas tarder.

L'ours n'ajouta rien, et ils restèrent assis dans leur camaraderie silencieuse autour du feu et profitèrent de sa chaleur. Au-dessus d'eux, les nuages s'écartèrent, révélant les étoiles d'un ciel nocturne froid et sans lune. Mais le regard de la fille restait sur le grondement du feu qu'elle avait chargé de façon à ce qu'il tienne toute la nuit, et elle était contente de sa chaleur sur son visage.

L'ours, dans l'ombre, dit : Il te manque, n'est-ce pas ?

La fille ne répondit rien et l'ours s'accroupit et continua de se balancer à la lueur des flammes.

Il y aura d'autres choses qui te feront penser à lui, dit-il. Et le chagrin te donnera l'impression que le froid se referme sur toi. Je sais.

Tu ne sais pas ! répliqua la fille d'une voix forte et brusque. Chaque matin, quand je me réveille, je m'attends à le voir. Chaque fois qu'on prend un virage. Chaque fois qu'une brindille craque dans cette forêt, c'est lui qui la casse juste devant moi. Et le soir, je verrai une forme du coin de l'œil, mais quand je regarde, c'est seulement les flammes ou le clair de lune. Et je suis déçue.

Je sais, si, insista l'ours.

Non ! cria la fille.

L'ours renversa la tête en arrière, montra un amas d'étoiles bas dans le ciel et, de la même voix grave et chantante, dit : Regarde. Ça, c'est mon ancêtre. La Grande Ourse. Tu la vois ? Ma mère m'a appris à la reconnaître et à m'en servir pour me guider.

Je la vois, dit-elle. Mon père m'a appris à suivre la casserole qui pointe vers l'Étoile du Nord, comme la boussole qu'il m'a donnée.

Oui, dit l'ours. Mais regarde dans l'autre direction, et tu ne verras pas seulement la queue mais aussi le corps entier, abandonné là dans la forêt de la nuit.

Il sortit une griffe et traça une ligne jusqu'au coin gauche du ciel, comme si son trait faisait exister la constellation elle-même.

Aussi loin que je m'aventure dans les bois ou dans mon sommeil, je lève les yeux et je me repère grâce à elle, tout comme on me l'a appris.

Le feu crépita et se mit à donner des flammes orange et bleues qui sautaient autour des bûches comme les fourmis que chassait l'ours.

C'est pour ça que tu es seul, dit la fille.

Jusqu'à cet automne, oui, dit l'ours. Je déambule avec toi, maintenant. Mais ceux que je pouvais autrefois toucher me manquent, comme cela nous arrive à tous lorsque nous cherchons notre chemin à travers la forêt ou le bois dans lequel nous voyageons ou grandissons. Ça ne veut pas dire que l'homme soit perdu ou qu'il ait disparu pour toujours. Car bien qu'il ne marche plus à tes côtés, il demeure dans le temps et l'espace de la mémoire, et c'est là qu'il apparaîtra encore et encore, chaque fois que tu le chercheras. Pas seulement dans ces endroits où il a toujours été, mais aussi là où il ne pouvait être avant et sera pourtant désormais. Dans l'oblique de la lumière sur la rive d'un lac. Dans le silence entre les pas sur un chemin. Dans le parfum d'un feu de bois devant lequel tu seras installée, seule. N'as-tu pas appris à connaître quelque chose de ta propre mère à travers les histoires que racontait ton père, les lieux où elle était passée, les tâches qu'elle avait apprises, qu'elle savait bien connues de sa propre mère ?

Si, dit la fille.

C'est ça que j'essaie de te dire depuis le début, dit l'ours. Ton père le savait aussi. Ce qu'il ne comprenait pas, c'était que tu n'avais jamais su ce que c'était de souffrir de l'absence de ta mère comme lui en souffrait. Maintenant, ça y est. Autrefois, le deuil était, pour beaucoup des tiens, la seule constante. Mais ce n'est pas moins difficile ou constant depuis qu'il n'y a plus que toi. Et ce ne le sera pas non plus le jour où seule la terre souffrira de ton absence, même si elle verra des années de mes petits naître et partir vagabonder avant que tu cesses de te lever avec le soleil.

Ils se réveillèrent le matin, se secouèrent pour se réchauffer et se levèrent pour partir. La fille vida l'eau qui restait dans sa gourde. L'ours lécha la rosée sur le sol en levant et en abaissant la tête comme dans une approbation lente et solennelle. Puis la fille rangea ses affaires et les deux compagnons se dirigèrent vers le nord jusqu'à ce que le torrent se transforme en simple filet échappé de la nappe phréatique, puis cesse complètement de couler, retiré dans la roche, la mousse et la terre dont il avait jailli.

Ils marchèrent encore deux jours le long du flanc de cette montagne, s'arrêtant seulement pour dormir et récolter de la nourriture dans l'intérieur de l'écorce des bouleaux blancs et les cônes rouges du sumac vinaigrier, dont ils mangeaient la drupe par poignées en chemin. Le deuxième jour, lorsqu'ils parvinrent à la limite des arbres après une longue ascension tandis que la lumière déclinait à l'est, l'ours tourna dans un sentier escarpé qui donnait sur un escalier en zigzag. Il abordait chaque marche par bonds et sauts, malgré les plaques de lichen et de neige fraîche, et la fille peinait à le suivre sans tomber. Le dernier rayon du soleil disparut à l'ouest et la fille fut certaine de ne pouvoir continuer dans le noir, mais l'ours s'arrêta sur un banc de rocher et de buissons, et avança, si bien qu'on aurait dit qu'il avait traversé un mur de pierre et disparu à l'intérieur de la montagne elle-même. La large crevasse ne ressemblait à rien de plus qu'à l'ombre de la pierre sur la pierre, à côté de laquelle poussaient deux thuyas rabougris, telles de minuscules sentinelles gardant une forteresse. La fille resta sur la corniche et faillit crier à l'ours de revenir, mais il ressortit de la crevasse et lui fit signe de la suivre, et elle se glissa dans l'ouverture et entra dans la montagne.

La grotte était assez grande pour que la fille puisse s'y tenir debout et glisser une main entre le plafond et sa tête. Ça sentait la paille moisie, et il y régnait l'humidité d'un silo à légumes. Elle laissa ses yeux s'acclimater à la pénombre, puis se mit à ramasser des brindilles de pin sèches et des branches de cèdre brun dans les coins de la grotte et fit un feu près de l'entrée. L'ours lui expliqua qu'elle aurait du mal à l'entretenir bien longtemps, car il n'y avait guère de bois dur à cette altitude, cependant elle sortit voir ce qu'elle pourrait trouver et revint chargée de branches de bouleau et de cèdre sèches et de morceaux d'érable qu'elle empila sur le petit bois. Le feu fumait plus qu'il ne brûlait, la sève de cèdre éclatait bruyamment et sifflait dans les flammes, mais il dispensait de la lumière et la fille put constater que la grotte avait été amplement utilisée, au fil des années, par toutes sortes d'animaux qui avaient dû y trouver un refuge adéquat pour se reposer. Des souris et des écureuils roux avaient entassé des glands. Des serpents avaient mué. Des chauves-souris avaient laissé leur guano noir et desséché sur le sol. Encore un lieu de passage – ceux qui y entraient repartaient au matin.

L'ours ne semblait ni remarquer l'état de la grotte ni s'en soucier. Il décrivait des cercles lents autour du sanctuaire intérieur, comme s'il avait perdu quelque chose et le cherchait. Puis il s'allongea contre la paroi du fond et demanda à la fille d'une voix pâteuse et chevrotante : Comment va ton feu ?

J'en ai fait de plus chauds, dit-elle.

La neige et le froid arrivent, murmura l'ours, et il fit un bruit qui ressemblait à un reniflement. N'oublie pas le feu.

Je vais l'entretenir, dit la fille.

Jusqu'au printemps. Ne pars pas sans moi, dit-il, comme si chaque mot était une respiration. Comme s'il la suppliait.

Ne pars pas, répéta-t-il, et il s'endormit.

La fille surveilla son feu jusqu'à ce que tout soit presque entièrement consumé, puis elle annonça à l'ours qu'elle allait chercher du bois et qu'elle se servirait de la lueur à l'entrée pour se guider à son retour. Elle s'enroula étroitement dans sa couverture et sortit dans le noir ; non loin de la grotte, elle trouva un pin blanc mort, le fit tomber et le traîna jusqu'en haut, où elle déposa une portion du tronc par-dessus le feu. Puis elle s'endormit, à son tour, sur ce qui ressemblait le plus à un âtre depuis qu'elle avait quitté sa maison près de la montagne isolée.

Le froid la réveilla. Le ciel s'était dégagé d'un front nuageux qui était passé dans la nuit et l'air était glacial et immobile. La fille tapa des pieds pour se réchauffer, plaça des feuilles mortes sur les braises qu'elle avait mises de côté dans la nuit, et souffla dessus jusqu'à ce qu'une flamme s'élève. Ça lui faisait bizarre que l'ours ne soit pas debout avant elle. Une fois qu'elle eut fait prendre un tas de petit bois, elle se rendit au fond de la grotte et tenta de le réveiller.

Elle approcha lentement, mais, lorsqu'elle toucha son épaule et lui murmura quelque chose, l'ours continua à dormir.

Elle se redressa et regarda cette masse noire roulée en boule, dont la poitrine montait et descendait à la faible lueur du feu, puis s'agenouilla pour étudier son visage. La tête était enfouie dans les pattes avant posées sur le sol de pierre et ramenées devant lui de façon à toucher le bout des pattes arrière, telle la boucle fermée d'un improbable collet. Elle écouta sa respiration qui sifflait doucement en entrant et sortant par ses narines et sut que, même si elle se plantait au milieu de la grotte et hurlait à pleins poumons, l'ours ne se réveillerait pas. Elle était seule désormais.

Elle se prépara une infusion de sassafras, s'occupa du feu et contempla la forêt environnante, tableau marbré de neige, de pierres et de feuilles mortes. Des pins et des thuyas poussaient dans les larges crevasses de la montagne. Des hêtres, des érables et quelques bosquets de bouleaux s'élevaient au loin, en-dessous de la limite des arbres. Elle pouvait subsister un certain temps en cueillant des noix, des samares, et en utilisant l'écorce des bouleaux et des pins. Elle avait vu et récolté les noix d'un pacanier qui se trouvait à une demi-journée de marche, plus bas sur le flanc de la montagne, et elle savait qu'il en restait à glaner dans les branches et sur le sol de la forêt. Cependant, cela ne suffirait pas à lui faire passer l'hiver.

Toute la journée, elle ramassa du bois pour le feu, récolta des pignons et de l'écorce, et trouva un écoulement rocheux où elle remplit d'eau sa gourde. Le soir, le soleil se cacha derrière un banc serré de nuages et il planait dans l'air l'odeur lourde, moite et froide qui, elle le savait, présageait un orage. Elle renforça la paroi extérieure de son foyer avec des pierres de façon à bloquer le vent et orienter la chaleur, rapprocha les braises et plaça dessus deux gros morceaux de bois. Après avoir dîné d'une portion de sa récolte, elle s'endormit, enveloppée dans sa couverture de laine, tandis que le vent sur la montagne se faisait aussi insistant qu'un hurlement.

La tempête vint avant l'aube. La neige voletait autour de l'entrée de la grotte, la forêt était invisible à part les silhouettes noires des arbres qui apparaissaient et disparaissaient au gré de la férocité du vent. Elle dura toute la journée et une partie de la suivante. La fille épuisa ses maigres rations et, le matin, lorsque la neige se calma et que les vents retombèrent, elle sortit faire de nouvelles provisions.

Le soleil brillait à présent entre les nuages qui se dispersaient, filant à toute vitesse dans le ciel. La neige dégoulinait par masses des branches encore chargées de feuilles. La fille avait du mal à négocier les congères sans raquettes, mais des traces de petits animaux quadrillaient le terrain – des lapins en quête de petits arbustes, des écureuils cherchant les provisions de glands qu'ils avaient enterrés avant la tempête – donc elle aussi s'aventura plus bas sur le flanc de la montagne. Dans un bosquet de bouleaux, elle préleva une longueur de couteau d'écorce interne et envisagea de descendre jusqu'au pacanier, mais elle était presque à bout de forces après la courte distance qu'elle avait parcourue. Elle s'arrêta sous un pin blanc et ramassa des aiguilles, puis creusa la neige en quête de pommes. Elle en trouva trois et retourna à la grotte.

Le soir, il ne restait plus de nourriture. Elle s'assit devant le feu et préleva un maigre pignon dans la dernière pomme avant de jeter les écailles dans les braises. Elles s'enflammèrent un bref instant, puis disparurent. Dehors, le vent sifflait sur la montagne, une plainte qui lui fit penser aux plongeons huard. Elle se leva et plaça le reste du cèdre dans le feu, sachant qu'il allait se consumer entièrement d'ici le matin, et sentit la faim la tenailler.

Quand tu lui parlais, par des nuits comme celle-ci, demanda la fille, blottie entre les rochers du foyer et la paroi de l'entrée de la grotte dans son lit de couvertures et de peaux, que te répondait-elle ?

La tempête était en avance pour la saison, la fille le savait. Elle avait procédé à des calculs approximatifs pendant son voyage avec l'ours et voyait que le soleil n'avait pas dépassé le solstice d'hiver, car son ombre continuait de s'allonger sur le sol. Les animaux avaient été pris au dépourvu eux aussi. C'était pour cette raison qu'elle avait vu les traces. Mais le froid était arrivé en avance avec la neige et, le matin, tandis qu'elle peinait à rallumer le feu, son esprit se mit à ressasser des pensées de soleil et d'ombre se déplaçant sur la surface de la marque de midi de la pierre près du lac, avec les branches qui ployaient dans le vent, les lapins qui sortaient prudemment des bois d'un bond, dans le soir, pour brouter les hautes herbes le long du rivage, puis plus de lapins du tout, et son père qui lui expliquait que les lapins et lièvres que les faucons n'avaient pas trouvés seraient plus difficiles à chasser désormais. Neige de fin d'automne, les poissons, aussi, disparus du barrage. Nous allons devoir attendre que la glace soit épaisse avant de pouvoir les attraper, avait-il dit, parlant des lapins, des lièvres et des poissons. Elle se souvint que l'homme lui avait appris à fabriquer un collet cet automne-là, et repensa à la chaleur du poêle dans la petite maison, qui se mêlait à l'odeur du gibier rôti.

Alors elle se leva, préleva un morceau de charbon dans le feu et commença à faire des marques sur la paroi de la grotte. Combien de jours depuis la dernière lune ? La longueur de son ombre la dernière fois qu'elle avait observé le midi ? Seules deux choses exigeaient son attention. La nourriture et la maison. Tous les matériaux dont elle avait besoin pour confectionner un collet se trouvaient dans le sac qu'elle transportait ou dans les bois. Des bâtons, de la corde et un couteau. Si les lapins, eux aussi, faisaient des provisions avant que l'hiver s'installe, elle pouvait guider ces mêmes lapins dans un piège. Et si les jours demeuraient aussi froids, la rivière qu'elle et son père avaient longée pendant presque toute une lune, remontant vers le nord pour la traverser, pouvait à présent l'être en marchant sur la glace, sans avoir besoin de s'aventurer en haute montagne. Le trajet jusqu'à la maison serait plus court en partant d'un point tellement au sud, et elle pouvait le parcourir d'ici le solstice.

Elle laissa le foyer froid et vida son sac, ne gardant que les os enveloppés et liés et les cendres. Elle plaça sa main à l'intérieur, paume sur la peau de chevreuil pliée sans laquelle elle ne l'avait jamais vu, et dit : Je n'arrêterai pas avant de t'avoir enterré à côté d'elle. Je te le promets.

Toute cette journée, elle la passa à se préparer pour la suivante et, le matin, elle retourna à l'endroit où elle avait repéré les traces de lapin. Elle choisit un coin au bord d'un sentier où se détachaient des traces fraîches, à proximité d'un arbre au tronc flexible. Elle l'émonda pour le raccourcir un peu et se servit des chutes pour la structure du piège, au sol, après quoi elle fixa la corde à l'amorce et à l'arbre. Elle fit un nœud coulant sur la corde, ploya le tronc jusqu'au sol et posa le collet, avec de l'écorce de bouleau et des baies de gaulthérie en guise d'appâts. Puis elle repartit en direction du pacanier, où elle était résolue à trouver de quoi se nourrir.

Elle resta dehors jusqu'au début de la soirée, tant elle avançait laborieusement dans la neige, et rentra avec le devant de sa couverture repliée pour contenir des noix de pécan, des pommes de pin et encore une poignée de baies de gaulthérie qu'elle avait trouvées nichées dans un lit de mousse.

Elle laissa son butin à la grotte et, dans la dernière lueur du jour déclinant, retourna à l'emplacement où elle avait posé le collet et trouva un lapin vivant, pendu à l'arbrisseau qu'elle avait fait ployer en travers du sentier. Elle l'observa un moment avant d'approcher et crut entendre un cri. Elle sortit son couteau et s'avança vers l'arbre.

Là, elle vit un éclair de frayeur dans les yeux de l'animal qui se débattait, tentant de se libérer, et le souleva pour qu'il ne pende plus dans le vide.

Je suis désolée, murmura-t-elle, et elle fit vite avec son couteau.

Elle mangea la moitié de la viande qu'elle fit rôtir ce soir-là et emballa le reste dans des feuilles mortes. Ensuite, elle gratta et nettoya l'intérieur et l'extérieur de la peau de façon à la faire sécher et se confectionner une paire de mitaines si elle attrapait un autre lapin. La nuit était tombée depuis longtemps quand elle eut terminé. Elle avait ramassé et chassé en une journée les provisions qu'elle avait pensé mettre trois jours à rassembler. Elle sortit chercher le bois qu'elle avait rapporté de son expédition mais, d'abord, escalada les rochers qui menaient sur le toit de la grotte, qui offrait une vue dégagée du ciel nocturne. Le premier quartier de la lune était levé depuis longtemps à l'ouest, et au nord resplendissaient des lueurs vert, jaune et rouge qui scintillaient et ondoyaient comme de l'eau dans la partie la plus haute de l'horizon. Elle les contempla avec émerveillement, se demandant ce qui pouvait vivre si haut dans le ciel, et elle sentit en elle une volonté de fer. Elle regarda vers le sud comme pour mémoriser le chemin vers le bas de la montagne. Si elle avait eu le temps, elle aurait pu se fabriquer des raquettes. Mais elle ne l'avait pas, pas si elle voulait rentrer avant que tous les chemins de montagne deviennent impraticables.

Les étoiles emplissaient le ciel du matin lorsqu'elle se leva, prit une gorgée de son eau et se rendit à la paroi du fond, où dormait l'ours. Elle posa la main sur sa tête et dit : Je ne peux pas attendre ici tout l'hiver, sinon je vais mourir.

L'ours roula sur lui-même et la fille recula, s'attendant à ce qu'il ouvre les yeux pour lui faire ses adieux, ou l'implorer de ne pas s'en aller. La boucle que formait son corps se défit, il roula jusqu'à atterrir sur l'autre flanc, et la boucle se referma, l'ours ronflant de plus belle à chaque lente montée et descente de sa masse imposante. Elle pouvait voir à présent la profondeur de son sommeil sous les paupières lourdes qui tressaillaient dans la demi-lumière hasardeuse qui parvenait au fond de la grotte, un sommeil dans lequel il voyageait dans une forêt inconnue ou, peut-être, trouvait son repos parmi les constellations du ciel nocturne.

Quand elle sortit, le ciel s'était éclairci et les bois semblaient avoir bourgeonné avec l'aube, si bien que l'espace d'un instant déconcertant elle eut la sensation que c'était le début du printemps, cette neige la dernière des neiges, jusqu'à ce que le vent transperce la peau qu'elle portait, lui rappelant que l'hiver était toujours là.

Elle prit vers le bas de la montagne le même sentier qu'elle avait emprunté avec l'ours pour se rendre à la grotte, et s'aperçut qu'elle reconnaissait le terrain. Elle se servait de la course du soleil le long de l'écliptique et de sa boussole pour s'orienter vers le sud, jusqu'au ruisseau qui passait à travers le bosquet et par-dessus la chute, qu'elle remonta, après quoi elle tourna vers l'ouest.

Et lorsque le soleil, à travers les nuages hauts, parut proche de son zénith, elle s'arrêta dans un bosquet clairsemé pour manger et mesurer son ombre à intervalles réguliers. Quand elle recommença l'opération le lendemain, elle ne trouva pas du tout d'accroissement, ou c'est ce qu'il lui sembla, donc elle décréta que c'était le solstice d'hiver. Elle avait emporté les bâtons qu'elle avait taillés pour son collet et, sur le plus gros, elle grava une marque avec son couteau. Le premier jour. Ce serait désormais son calendrier.

Au bout de trois jours de marche dans la neige épaisse, ne s'arrêtant que pour dormir, chercher de la nourriture et remplir d'eau sa gourde, elle arriva au bord de la rivière large et gelée, ses berges cernées de plaines couvertes de prairies et de forêts où poussaient des bouleaux et des saules sans feuilles, si bien que le monde riverain ressemblait à des draps blancs entortillés dans le lit d'une vallée peu profonde. Elle s'approcha pour tester la glace. Son père lui avait appris à en déduire l'épaisseur à partir de la couleur et du type de l'eau. Elle écarta la couche de neige à la surface, découvrant la glace trouble et granuleuse, et se coucha à plat ventre pour répartir son poids et écouter. Chaque jour depuis l'orage, il avait gelé. Sur le lac, ça aurait suffi à former une croûte de glace de l'épaisseur d'une main. Cependant, elle n'avait jamais vu de rivière gelée. Elle se mit à quatre pattes et avança un peu, s'étendit de nouveau sur le ventre, écouta, et fit cinq pas de plus à genoux. Puis elle se leva et en fit trois autres. La rivière n'était pas rapide, la dernière fois qu'elle l'avait vue, mais elle était profonde.

Pourtant, il y avait à présent de la glace tout autour de la fille. Il n'y avait pas de trous à l'air libre où des rapides auraient pu empêcher la surface de prendre, pas d'embâcles de glace où l'action conjuguée du vent et des rapides auraient pu former une banquise, laissant une grosse poche d'air en dessous. Elle se dirigea vers l'autre rive, pas plus loin de là où elle se tenait que la maison du lac, et se sentit aimantée par cette distance. Elle s'agenouilla pour regarder une fois de plus la surface, puis se leva.

À plusieurs moments, ce jour-là, elle avait eu le sentiment que quelque chose la suivait. Quand elle s'était arrêtée pour manger, ou quand elle était arrivée à un rétrécissement du chemin. Ce n'était pas qu'elle avait entendu un bruit particulier, c'était juste une impression. Et à présent elle voulait traverser cette rivière autant pour s'éloigner d'une terre sur laquelle elle avait passé plus de temps qu'elle ne l'aurait jamais cru possible que pour retourner là où le temps passait en un lieu familier, même s'il n'était plus familier qu'à elle seule.

Elle fit quatre pas de plus vers la rive, écarta les bras comme pour s'envoler, et s'élança sur la glace, d'abord au trot, puis galopant aussi vite qu'elle le pouvait sur l'amas de neige qui recouvrait la rivière.

Il n'y eut pas de craquement, pas de mouvement, pas de son de gémissement. La glace explosa et la fille tomba au travers comme une pierre, emportant pour seul air celui qu'elle avala brusquement dans sa surprise en coulant.

L'eau était noire, le froid insupportable s'empara d'elle comme une corde d'arc lui comprimant la poitrine. Elle se contorsionna pour chercher la lumière venant du trou et la vit qui tombait en biais à travers la glace brisée. Elle moulina violemment des bras contre le courant qui l'entraînait, l'entraînait vers le bas, mais elle ne fut pas emportée. Quelque chose la retenait, et elle se rappela le sac à dos. Il s'était pris dans le dessous de la rivière gelée. Elle sortit la tête de l'eau dans la poche d'air sous la glace, respira, et commença à s'efforcer de rejoindre le trou dans lequel elle était tombée. Le froid s'insinuait en elle à présent et elle en sentait la douleur dans sa tête et son corps comme un coup de marteau. Elle avançait centimètre par centimètre sous la glace, et lorsque le trou lui parut à portée de main, elle projeta ses bras en avant, plongea sous l'eau pour détacher le sac, et donna un grand coup de pied, sachant qu'il ne resterait plus guère d'air ou de force dans ses poumons pour faire demi-tour si elle ne parvenait pas à agripper les rebords.

Elle battit de nouveau des jambes contre le courant et empoigna la glace déchiquetée, faisant des mouvements de grenouille avec les jambes sous l'eau tandis qu'elle affermissait sa prise et se hissait sur la croûte gelée.

Elle sentit alors une morsure à l'arrière de son cou, comme si ses épaules avaient été placées dans un étau souple, et son corps se souleva, ses membres gelés traînant sur la neige, la glace sous elle et ce qui la portait craquant à l'unisson tandis qu'ils continuaient d'avancer de plus en plus vite vers la berge ; une haleine chaude à l'emplacement de la morsure était la seule chaleur qu'elle sentait, qu'elle sentit avec tendresse et urgence lorsqu'elle glissa et atterrit doucement sur la neige et les graminées gelées.

Alors c'est ça, la mort, se dit-elle, mais elle savait quelque part que même ça, ce n'était pas vrai et tenta de se lever quand un énorme puma à la fourrure comme de l'or souligné de noir, avec un museau en forme de colombe qui s'envole, couleur sumac, glissa une patte sous elle et la souleva, l'attira dans le creux doux et chaud de sa poitrine, et se mit à traverser la plaine au galop pour retourner dans la forêt.

Elle nagea vers le haut, s'enfonça, remonta de nouveau, découvrant qu'elle pouvait respirer, cette fois, dans l'eau du rêve. Quand sa tête creva la surface, elle regarda de l'autre côté du lac et vit son père qui s'éloignait d'elle dans le vieux canoë en écorce de bouleau. Elle se mit à faire des brasses fortes et régulières, comme elle le faisait les après-midi d'été de son enfance, jusqu'à ce que ses bras fatiguent et qu'elle ne puisse plus les soulever, et elle recommença à couler, l'eau devenant de plus en plus froide, la surface s'éloignant d'elle et s'effaçant tel un feu sur le point de s'éteindre.

Elle se réveilla entre deux corps couverts de fourrure, les poils rêches de l'ours endormi et le pelage doux du puma, qui l'avait prise dans ses pattes afin de l'isoler du sol froid de la grotte.

Elle s'étira le long du corps de l'ours, et le puma s'écarta pour la laisser se redresser lentement et regarder autour d'elle. Le grand jour se déversait par l'entrée de la grotte, et la fille tenta de se lever, une fois de plus, pour faire face à cette lumière, mais n'y parvint pas. Elle tâta ses épaules en quête du sac et constata qu'il s'y trouvait toujours. Elle portait encore les chaussures que son père avait confectionnées pour elle. Elle se tourna vers la paroi et regarda l'ours respirant dans son sommeil comme un énorme soufflet, son corps se soulevant et s'abaissant, disposé en courbe ouverte, comme un croissant de lune montante. Puis elle se tourna vers le puma qui se découpait dans la lumière du jour. Encore une fois, elle tenta de se lever, mais ses jambes cédèrent et elle se rassit et serra ses bras autour d'elle pour s'empêcher de frissonner, après quoi elle leva les yeux et vit le puma se glisser hors de la grotte.

Il s'écoula longtemps avant qu'elle puisse se mettre debout et marcher. En se traînant à l'avant de la grotte, elle trouva tout ce dont elle avait besoin pour démarrer un nouveau feu dans le foyer – petit bois, feuilles mortes et grosse branches, rassemblés sur la pierre, bien secs. Elle but l'eau qui restait dans sa gourde, ôta son sac à dos, et chercha dedans son silex et son morceau d'acier, qu'elle fit s'entrechoquer pour allumer les feuilles jusqu'à ce qu'une flamme jaillisse et que le petit bois brûle. Ensuite, elle sortit sa couverture et ses draps mouillés et les étala pour les faire sécher.

Quand vint l'après-midi, elle se trouvait encore devant ce brasier, ne s'étant levée que pour aller chercher du bois et ramasser des aiguilles de pin afin de préparer une infusion, qu'elle but les mains en coupe autour de la timbale qu'elle portait comme un charbon ardent où s'accumulait la chaleur qu'elle rêvait de ramener en elle-même. Elle jeta un coup d'œil vers l'ours, au fond de la grotte, comme si elle attendait qu'il se réveille pour lui dire que tout cela faisait partie d'un autre rêve, un rêve dont elle allait s'éveiller. Mais l'ours continuait à dormir.

La fille dormait à même le sol de la grotte, le feu s'était réduit à de petites flammèches dansant sur les bouts des bûches brûlées, lorsque le puma revint, la réveilla d'un coup de museau et ressortit. Elle s'étira, se leva et le suivit dans le crépuscule gris.

Dans la neige gisait un chevreuil, les yeux vitreux et vaincus, les ramures cassées et la fourrure noircie de sang gelé au niveau de la gorge. Le puma, assis, se léchait les pattes pendant que la fille examinait sa proie. Puis elle s'agenouilla, ferma les yeux du chevreuil et dégaina son couteau.

Elle travailla lentement et avec tout le soin qu'elle savait devoir à l'animal en le parant. Le temps qu'elle ait terminé, le crépuscule était devenu nuit tombante et la lune croissante s'élevait au-dessus des arbres à l'est. Elle attendrait le matin pour le découper et le peler, mais elle retira d'ores et déjà les abats, fit béer la cage thoracique avec un bâton et bourra l'ouverture de neige. Puis, à l'endroit où elle avait ramassé la neige, elle déterra un caillou avec une face plate, le nettoya, et alla se remettre à genoux devant le chevreuil. Elle tâta la poitrine pour trouver l'os central et, avec le caillou, entrepris de marteler le sternum jusqu'à ce qu'il casse. Elle coinça le caillou dans la fracture et fit levier afin de l'ouvrir suffisamment pour introduire ses deux mains et son couteau dans la cavité. Elle le tenait maintenant, encore chaud, bizarrement ; elle découpa le muscle et les artères qui le maintenaient en place, et retira le cœur du chevreuil, si gros qu'il lui fallut le prendre à deux mains.

Il t'a bien appris, commenta le puma, d'une voix rauque et lente.

La fille se retourna pour fixer des yeux le félin, surprise, non qu'il lui parle, mais qu'il sache qu'elle avait appris à faire ça par son père.

Qu'est-ce qui te ferait plaisir, pendant que mon couteau est aiguisé ? demanda la fille.

J'ai mangé mon content, dit le puma.

Dans la grotte, la fille raviva le feu et construisit à la lisière des charbons un petit four de pierres dans lequel elle plaça le cœur du chevreuil. Aucun autre mot ne fut échangé entre elle et le puma. Elle attendit en silence que la viande cuise, puis dévora son dîner avec un appétit qu'elle n'avait jamais connu, se lava les mains et le visage dans la neige, et prit de nouveau place à côté du feu avant de s'endormir contre la pierre sur laquelle elle avait étalé sa couche.

Au matin, le puma était parti. La fille avait réservé un quart du cœur, qu'elle mangea avec de la neige fondue, après quoi elle sortit pour observer la carcasse du chevreuil à la lumière du jour. Tout était là. De la nourriture. Une peau. Des tendons pour tresser de la corde d'arc et du fil. Des os pour façonner des aiguilles, des pointes de flèche, et un plus petit hameçon si elle parvenait à le sculpter. Elle allait chercher dans la forêt un chêne de taille moyenne, l'abattre et fabriquer un nouvel arc. Il ne serait pas aussi bien que celui qu'avait façonné son père, mais il ferait l'affaire. Elle dégagea la neige dont elle avait bourré la cage thoracique et entreprit d'écorcher le chevreuil, épluchant la viande et retirant les tendons des côtes et des quatre pattes. Elle emballa la moitié de la viande dans de la neige et la remisa dans une large fissure de la paroi de la grotte. Le reste, elle le mit de côté pour le fumer. Les tendons, elle les nettoya et les posa près du feu pour les faire sécher. Puis elle s'attaqua à la peau.

Elle la déposa sur une grande pierre lisse et inclinée, en retira la chair avec son couteau et nettoya la dépouille. Lorsqu'elle eut terminé, elle partit en quête de branches et de brindilles afin de faire un séchoir et en construisit un, sommaire, à partir de bâtons ramassés par terre, qu'elle enfonça dans des crevasses et appuya contre le plafond de la grotte. À l'aide du cordage pris dans son sac, elle étala et attacha la peau sur le séchoir, où elle la laisserait jusqu'à la pleine lune.

Lorsqu'elle sortit de la grotte, le puma se tenait devant l'entrée avec deux opossums morts. La fille les prit par la queue et se mit à les parer, l'un après l'autre, découpant le plus de viande possible avant de nettoyer également, avec son couteau, ces peaux couvertes de fourrures, qu'elle mit ensuite à sécher près du feu, après quoi elle ouvrit les crânes des opossums et récupéra les cervelles dont elle se servirait pour tanner la peau.

Elle finit à midi, et fit cuire un morceau de gibier pour son repas. Le puma ayant disparu de nouveau, la fille contint le feu et partit chercher un arbre avec lequel fabriquer un bon arc.

Elle revint peu avant le crépuscule, chargée seulement d'une branche séchée qu'elle avait trouvée pour le feu. Le puma se tenait une fois de plus devant la grotte, deux gros castors gisant à plat ventre à ses pieds. La fille les ramassa pour les inspecter, et le puma dit d'une voix rauque : Ils attendront. Assieds-toi. J'ai des choses à te dire avant de m'en aller.

La fille cassa la branche sur son genou, entra dans la grotte et disposa le plus gros morceau sur le feu.

Le puma n'entra pas cette fois, mais marcha de long en large à l'entrée de la grotte, s'arrêtant pour lever les yeux sur les montagnes de temps à autre, comme méfiant, ou en attente, puis il s'immobilisa dans le demi-jour et dit à la fille que l'hiver n'était pas fini et que, même si elle connaissait le chemin de sa maison à partir de là, ce n'était pas le moment de rentrer, si elle souhaitait retourner à la montagne isolée afin d'enterrer son père. Le félin lui avait donné assez de nourriture pour plusieurs semaines, et des fourrures dont elle pourrait se servir pour se tenir chaud pendant qu'elle chassait, si elle employait ses connaissances pour tanner les peaux. Le reste était tout autour, dans la forêt qui, en hiver, ne mourait pas, mais changeait seulement.

Regarde l'ours, dit le puma à la fille. Il n'arrête pas de dormir, mais dans ses rêves il vagabonde comme il le faisait éveillé, il retourne sur les sentiers de forêts qu'il a connus, des sentiers qu'il a parcourus avec toi, te révélant beaucoup sur les choses que les autres tels que toi n'ont jamais su ni cherché à savoir. Tu es liée à lui désormais, aussi étroitement que tu l'es aux os que tu transportes. Si tu ne te réveilles pas, cette grotte sera ta tombe, et l'ours portera avec lui dans ses errances le souvenir d'un automne où il aura voyagé un temps avec un être porteur de chagrin. Mais si tu te réveilles et fais le voyage jusqu'à chez toi, l'ours et une lignée d'ours après lui porteront l'histoire du retour de la dernière à la montagne isolée. Ils la porteront pour que la forêt s'en souvienne aussi longtemps qu'il y aura de la forêt sous le soleil.

La fille ne leva pas le regard lorsque le puma cessa de parler. Ses yeux restèrent fixés sur le feu. Le ciel s'était couvert et la fumée ne s'élevait plus toute droite mais montait par vagues entre le trou et le sol, annonciatrice de neige. Elle défit les sangles du sac de ses épaules, se leva, puis se rendit à la paroi du fond, où elle le laissa par terre à côté de l'ours endormi.

Lorsqu'elle se retourna vers l'entrée de la grotte et le feu, elle vit le puma quitter cette lumière et s'enfoncer dans l'obscurité.

Le vent et une neige aveuglante la forcèrent à rester à l'intérieur, blottie devant le feu, tout le matin suivant. Elle prit un petit déjeuner de tisane légère de sassafras et de gibier, et traça des marques sur la paroi de la grotte en guise de calendrier, avec pour début le jour du solstice qu'elle avait déterminé à la rivière, ajoutant cinq jours pour les trois où elle avait dormi et les deux qu'elle avait passés réveillée avec le puma. Elle fit les cent pas sur le sol de pierre, écoutant le lent grondement de la respiration de l'ours, et pensa à ce qu'avait dit le puma, qu'elle était liée à lui. Elle ne se sentait liée à rien, si ce n'était à son désir d'être rentrée, et elle s'accrocherait à ça, et à rien d'autre, pour survivre. Elle s'habilla, retira la chair des peaux des castors et la mit à sécher, puis prit les fourrures des opossums et nettoya le côté peau dans un bain de cervelles, les essora, les étira et alimenta le feu avec du bois vert pour les fumer afin qu'elles gardent leur souplesse en séchant une dernière fois.

Elle ne pouvait aller nulle part dans la forêt sans raquettes correctes, et les branches de pin et de ciguë dont elle avait besoin pour en fabriquer ne se trouvaient pas loin de la grotte. La tempête se calma à l'approche de midi et elle sortit, de la neige jusqu'aux genoux, et descendit tant bien que mal à la limite des arbres. Elle grimpa au premier pin blanc qu'elle vit, cassa quatre branches du tronc, et les planta dans la neige. Puis, péniblement, elle descendit jusqu'à un buisson de ciguë et coupa autant de tiges qu'elle pouvait en porter, après quoi elle traîna le tout jusqu'à la grotte à travers les congères, et se mit au travail.

Elle employa le bord coupant d'une pierre éclatée dans le feu pour couper les branches à hauteur de sa poitrine et, à l'aide de son couteau, tailla un bout plat d'un côté et un cran de l'autre. Avec le tendon d'une patte arrière du chevreuil, elle fixa latéralement quatre branches plus petites au centre des premières pour y poser les pieds, après quoi elle tordit les bouts des branches jusqu'à ce qu'elles se touchent côté plat et les fixa également. Quand elle eut terminé, elle avait deux raquettes en forme de poisson qui faisaient la moitié de sa hauteur. Elle prit les tiges de ciguë et les tissa sur la structure en partant de l'arrière, les faisant passer sous les repose-pieds et ressortir à l'avant, afin qu'elles soient bien serrées, à sa taille, à l'intérieur de la structure de pin. Elle les plaça par terre, monta dessus, et sut qu'elles lui iraient.

La tempête dura cinq jours, pendant lesquels elle se nourrit de gibier et d'écorce d'arbre. Elle prit la moitié de la viande qu'elle conservait dans des paquets de neige et la fuma sur la grille qu'elle avait fabriquée pour les peaux, taillant des copeaux de jeunes érables verts et fumant le gibier à froid comme elle avait vu faire son père. L'opération lui prit un jour et une nuit, et elle se demanda si la fumée qu'elle produisait pour les peaux et la viande allait réveiller l'ours, mais l'animal continua de dormir.

Le matin du sixième jour, à son réveil, le soleil brillait et il régnait un froid mordant. Elle fit repartir le feu avec sa dernière bûche, mastiqua un morceau de chevreuil pour son petit déjeuner, puis attacha ses raquettes à ses pieds et sortit.

La forêt était un univers de silence. Une neige profonde avait enseveli tout ce qui s'y trouvait, sauf les arbres, et le spectacle lui rappela le monde devant la maison de son père à des saisons où la neige y tombait, aussi, pendant des jours d'affilée, quand ils attendaient que cessent les tempêtes, puis alimentaient leur propre feu, mettaient leurs raquettes faites de bois et de peaux, et sortaient. Ici, nul vent ne soufflait. Nul être vivant d'aucune sorte ne remuait, à part la fille. Elle tapa du pied pour tester les fixations de ses raquettes et leur poids, et écouta le bruit sourd se répercuter en écho sur la pente de la montagne dans le froid. Puis elle s'avança lentement sur ce terrain neuf.

Elle pensa au puma, aux regards qu'il avait jetés constamment vers le sommet de la montagne en lui parlant, marchant de long en large. Elle n'était jamais montée, seulement descendue, vers les opportunités que lui offrait la forêt. Il y avait quelque chose là-haut, et elle voulait voir quoi.

La pente était plus raide qu'elle ne s'y était attendue, mais ses raquettes résistèrent et, grâce à elles, elle avança rapidement sur le sol couvert d'épaisses plaques de neige. Il lui fallait des habits plus chauds. La couverture et la vieille peau de chevreuil qu'elle portait ne suffisaient plus. Elle comprenait maintenant pourquoi le puma lui avait apporté les opossums et le castor. Elle allait coudre les fourrures pour se faire un chapeau et des mitaines en rentrant à la grotte, le soir. Si elle pouvait en attraper suffisamment, elle coudrait aussi des fourrures de lapin et de lièvres à l'intérieur de sa chemise en peau de chevreuil. N'importe quoi pour avoir chaud plus longtemps. Elle avait encore beaucoup de jours d'hiver devant elle, qui seraient plus froids même que celui-là.

Elle n'avait pas parcouru beaucoup de chemin lorsque le sentier qui montait vers la cime devint si raide qu'elle dut retirer ses raquettes. Elle envisagea de faire demi-tour, mais elle savait qu'elle n'aurait guère d'autre occasion de parvenir à ce sommet sans qu'il neige ou qu'un froid trop vif l'en empêche. Voir la configuration du territoire qui l'entourait l'aiderait à identifier les repères dont elle aurait besoin lorsqu'elle irait chasser. Elle laissa ses raquettes près d'une corniche à découvert et continua, escaladant les rochers en s'aidant de ses mains ; l'ascension devenait de plus en plus difficile, jusqu'à ce qu'elle arrive à une falaise à pic que le vent avait dégagée de sa neige et qui était fendue en plein milieu, si bien qu'une espèce de large cheminée à ciel ouvert s'élevait vers le sommet dans la roche. Elle entra dans la fente, s'adossa à une des parois et plaça ses pieds contre l'autre. Puis elle commença à monter, centimètre par centimètre, ses mains et son dos aplatis contre la face froide du rocher, tandis que son corps incliné s'élevait lentement dans la crevasse. Arrivée en haut, elle plongea en avant, agrippa le rebord et se hissa sur la cime couverte de neige.

Le paysage qu'elle contempla ressemblait tellement à celui qu'elle voyait de sa montagne, chez elle, que c'était comme si elle se tenait à l'endroit même où elle s'était tenue la première fois que son père l'avait emmenée sur la tombe de sa mère, excepté la neige. Et pourtant, ça ne pouvait pas être la montagne isolée. Il n'y avait pas de promontoire en forme d'ours. Pas de lac au loin. Pas de toit de maison et de volutes de fumée qui s'en élèvent. Pas de stèle.

C'était le paysage en dessous qui était différent. En regardant vers le sud, elle repéra le cours de la rivière, gelée et couverte de neige, qui dessinait des kilomètres de lacets caractéristiques à travers la forêt. Elle vit l'endroit où le chemin qu'elle avait pris avec l'ours la croisait, et elle vit les plaines inondables à côté des bois et le tronçon de la rivière qui s'élargissait à ce niveau-là, le moindre signe de sa tentative de traversée effacé entre-temps par la neige et le gel. C'était là qu'elle allait passer l'hiver. C'était là qu'elle allait vivre ou mourir, rôdant dans la forêt en quête de nourriture, dormant dans une grotte.

J'ai besoin d'un arc, dit-elle tout haut, puis elle se glissa de nouveau dans l'étroite cheminée de pierre et redescendit.

De retour à la grotte, elle relança le feu et construisit un nouveau four de pierres dans lequel elle plaça le dernier morceau de gibier cru, qu'elle entoura de braises. Elle fit fondre de la neige dans une tasse et la laissa chauffer, puis y jeta une poignée d'épines de pin pour se faire une tisane.

Elle mangea la moitié de la viande, enveloppa le reste dans des feuilles qu'elle rangea dans la bourse qu'elle transportait. Puis elle se tourna vers le fond de la grotte et dit : Je vais descendre la montagne pour chercher un arbre qui puisse me servir à faire un arc.

Elle prit sa gourde, son couteau, et la pierre fendue par le feu qui lui tenait lieu de scie.

Je prendrai le temps qu'il faudra, dit-elle, et elle quitta la grotte.

Le chuintement de ses raquettes sur le flanc de la montagne était le seul son de toute la forêt, et elle se rendit, à un trot presque rythmique, jusqu'à la limite des arbres, puis sous le couvert des pins et de la ciguë, et encore plus bas dans les bosquets de bouleaux et de grands feuillus. Elle avait suffisamment couvert ce territoire pour savoir que ce qu'elle cherchait ne se trouvait pas parmi eux. Il fallait que cet arbre fasse sa taille, et il se trouverait donc pas loin des arbres adultes, mais assez loin de leur ombre pour pousser.

Elle reprit la direction du sommet de la montagne et se mit à tracer des cercles de plus en plus larges qui l'emmenèrent sur un nouveau territoire qu'elle n'avait pas parcouru avec l'ours en montant de la rivière. Et lorsqu'elle eut fait le quatrième tour, le plus grand, elle repéra un bouleau qui avait ployé et cassé sous la neige épaisse. Elle s'arrêta, s'assit dessus comme si c'était un banc, et écouta les craquements et gémissements des vieux arbres, plus avant dans la forêt, qui s'inclinaient presque imperceptiblement dans le froid, leur écorce privée de sève et leurs longues branches semblant s'étirer et se languir, elles aussi, dans leur lente, longue attente du printemps.

Elle se rappela que l'ours avait dit qu'il faudrait une phase entière de la lune pour entendre les arbres, et elle se demanda si c'était une exagération ou un fait. Elle allait mourir de froid ou de faim, s'il avait raison. Ses mains et sa tête couvertes désormais de fourrure, ses pieds secs et au chaud grâce aux semelles de ciguë, elle se répéta : Je prendrai le temps qu'il faudra, et contempla le paysage austère de la forêt. Elle se demanda – comme elle s'était demandé quand elle était petite ce qu'un ours dirait s'il devait lui parler – ce que lui diraient les arbres en hiver, si elle pouvait apprendre à écouter, ou apprendre à voir.

Cela se serait produit de la même façon si elle n'avait pas été là, car en hiver le sens du vent changeait tout le temps dans les montagnes, mais, là où le vent avait soufflé une feuille de hêtre sèche et cassante en travers de son chemin, il tourna, passant derrière elle, et la feuille tourbillonna sur elle-même et s'envola. La fille se leva du tronc puis se laissa entraîner dans la direction de ce vent, plus avant dans la forêt, en dehors de l'itinéraire de son chemin concentrique.

Son père lui avait appris à mesurer le chemin qu'elle parcourait par dix pas, et elle estimait qu'elle avait marché cent fois cette distance lorsqu'elle arriva au chêne. Il était fin et à peine plus haut qu'elle, mais il poussait bien droit et respirait la vigueur. Elle en fit le tour pour inspecter l'écorce, puis examina le bosquet environnant. Sa théorie sur les arbres qui poussent dans leur propre lumière était fausse. Il y avait plusieurs chênes plus gros à proximité.

Celui-ci semblait croître non à leur ombre mais sous leur protection. Elle retourna auprès de l'arbre et le prit en main comme elle l'aurait fait d'un arc. Ses doigts faisaient tout juste le tour du tronc. Il y aurait assez de bois pour travailler, mais cela ne lui prendrait pas le reste de l'hiver pour le tailler. Et elle devrait opérer avec l'aubier encore vert, le travailler et le laisser près du feu jour après jour avant qu'il ne soit utilisable.

Elle desserra alors sa prise et tint l'arbre délicatement, comme son père lui tenait la main autrefois. Elle pensa à l'ours et à ce qu'il lui avait dit sur la forêt au bord de la rivière. Et elle se rappela le jour où son père lui avait offert, dans sa cabane, des tiges de pacanier qu'il avait trouvées et coupées dans la forêt quand elle avait cinq ans. J'attendais que tu sois prête, avait-il dit.

Elle se mit à genoux, déblaya la neige de la base du tronc, retira sa mitaine, et toucha le mince tronc de sa main nue.

J'espère juste que ce n'est pas le dernier hiver pour nous deux, dit-elle.

Puis elle abattit l'arbre aussi près du sol que sa pierre le lui permit, l'émonda, et retourna au tronc de bouleau avec. Là, elle préleva les meilleurs brindilles qu'elle put trouver pour faire des flèches et se remit en route vers le sommet.

Dans la grotte, elle retira l'écorce du chêne et plaça la canne à distance du feu. Puis elle sortit le tendon dorsal séché qu'elle avait retiré du chevreuil tué par le puma et, avec son peigne, entreprit de séparer et de ressortir les fibres, qu'elle tressa de façon à en faire de la ficelle, tordant et pinçant chaque filament afin de l'intégrer à l'ensemble, en en rajoutant chaque fois qu'elle arrivait au bout d'un brin, jusqu'à ce que le cordage soit aussi long que la canne. Alors elle fit une boucle à l'extrémité.

Le soir, elle avait terminé. Elle grignota un morceau d'opossum pour dîner et but une tisane, puis alimenta le feu et descendit, au clair de lune, jusqu'à la limite des arbres, où elle posa son collet garni de feuilles de gaulthérie dans un autre buisson de ciguë, où elle espérait que les lapins viendraient chercher leur pitance à l'aube.

Au matin, elle trouva un lièvre blanc pendu au fil de détente. Elle le tua, le para et l'écorcha dans la neige. De retour à la grotte, elle prépara la peau et la fourrure pour les faire sécher et plaça la viande sur une broche pour la cuire lentement sur les braises. Elle consacra le reste de la journée à son arc.

Le bois était vert et solide et il fallut qu'elle le creuse et le taille abondamment avec son couteau pour obtenir une courbe régulière, lisse, à l'intérieur de l'arc. Elle aurait pu effiler les bouts, y faire des encoches et fabriquer en vitesse des flèches droites pour tirer, mais elle prit son temps. La journée se mua en trois tandis qu'elle testait, taillait, testait, taillait, donnant à l'arc une stabilité supplémentaire en le maintenant en place près du feu avec des cailloux pendant la nuit.

Quand elle eut terminé, elle corda l'arc avec du tendon et le régla en le comparant à la fourche d'un arbre. Il était mieux équilibré qu'elle ne l'aurait cru, et la puissance semblait suffisante pour donner vitesse et précision à une bonne flèche. Elle retourna dans la grotte, lissa les côtés et la poignée avec une pierre ronde et appuya l'arc contre la paroi.

Elle tailla et émonda deux branches de bouleau pour façonner des flèches, fit des encoches côté cordage, et fixa au bout des pointes en os de chevreuil. Ce qu'il lui manquait, c'étaient des plumes. Son père lui avait dit un jour que les aiguilles de pin pouvaient constituer un empennage acceptable, en l'absence de plumes ; elle sortit et arracha des aiguilles à un pin blanc, cassa une branche pour la sève, et enveloppa les aiguilles autour du haut de la tige de chaque flèche avec de fins brins de tendons et de la sève chauffée en guise de colle. Quand elle eut terminé, elle prit une flèche dans chaque main et les plaça en équilibre sur ses doigts par le milieu. Puis elle en ajusta le poids. Il allait juste falloir qu'elle parvienne à s'approcher suffisamment du gibier qu'elle chasserait.

Elle se leva avant la première lueur du jour et redescendit le flanc de la montagne, en raquettes, jusqu'à l'endroit où elle avait coupé le jeune chêne pour l'arc. Là, elle s'installa dans un bosquet de bouleaux, une flèche encochée, l'autre sur le sol, à portée de main.

À l'aube, une petite biche insouciante entra dans le bosquet, grignotant les branches basses d'un érable qui n'offrait pas grand-chose, voire rien de substantiel pour l'animal. La fille était fatiguée et avait faim elle aussi, mais sa prise était ferme lorsqu'elle banda son arc, visa le cœur au-dessus de l'épaule, et tira.

La biche leva les yeux en entendant le sifflement, puis se concentra de nouveau sur les brindilles d'érable. La fille encocha l'autre flèche, banda l'arc et manqua de nouveau sa cible. Elle se leva de sa cachette, la biche renifla en l'air et disparut d'un bond dans les fourrés plus denses.

Les jours se faisaient plus froids sur la montagne, et pas une nuit ne se passait sans chutes de neige, si bien que, lorsqu'elle s'aventurait dehors désormais, la fille avait l'impression que la forêt elle-même perdait des habitants ; les petits arbres et tas de pierres qui lui servaient de repères à peine quelques jours auparavant disparaissaient sous l'épaisse couverture neigeuse.

Elle ramassa les branches de bouleau qu'elle put trouver et fabriqua des flèches, jusqu'à ce qu'elle en ait un carquois de six, dont les deux qu'elle avait tirées sur la biche puis récupérées. Chaque matin, elle quittait la grotte en quête de proie. Chaque soir, elle rentrait sans rien, si ce n'était la faim. Sa force était minée par les éprouvants trajets en raquettes sur le flanc de la montagne et seules les feuilles et l'écorce d'arbre qu'elle mangeait et les tisanes d'aiguilles de pin qu'elle buvait empêchaient son corps de s'étioler complètement. Elle n'arrivait pas à s'approcher assez des chevreuils, des écureuils ou même des lièvres pour tirer une flèche qui ne dévie ou ne s'enfonce dans la neige, et les appâts qu'elle aurait utilisés si elle avait posé un collet, elle s'en nourrissait. Chaque jour, elle voyait moins de gibier, tant les animaux étaient devenus méfiants et rares à mesure que l'hiver se prolongeait et, en définitive, elle n'en vit plus du tout.

La faim la réveilla. Le feu n'était que cendres et braises. Elle se leva lentement, prit son arc et son carquois et enfila ses raquettes. À l'entrée de la grotte, elle mangea la neige fraîche qui était tombée dans la nuit et se dirigea vers le bas de la montagne, attentive seulement au froid. Elle passa des bosquets où elle avait posé des collets, restés vides, aux rochers derrière lesquels elle s'était cachée, dans l'attente de chevreuils qui ne venaient plus.

Du matin à l'après-midi, elle arpenta la montagne – la pente et le vent, plus que ses jambes et ses pieds, la portaient vers le bas. Dans ses méandres, elle parla à son père, l'assurant qu'elle ne s'était pas aventurée si loin qu'elle ne pourrait pas revenir et que la promesse qu'elle lui avait faite tenait toujours, comme elle, quels que soient le froid et la faim. Elle lui dit d'attendre avec l'ours. Elle devait se reposer si elle comptait trouver la force de se procurer de la nourriture et revenir vers lui.

Juste un peu d'eau, se dit-elle, et elle s'assit pour laper des poignées de neige qui fondirent dans sa bouche. Elle était descendue si bas à présent que le soleil avait disparu derrière le sommet, bien qu'il fasse encore jour. Et dormir, dormir encore, songea-t-elle. Elle s'allongea sur l'épais tas de neige derrière une pierre autour de laquelle poussait un haut buisson de ciguë, ferma les yeux et écouta le silence.

Un petit paquet de neige accumulé sur une tige de ciguë fut soulevé par le vent et lui retomba sur le visage. Elle se redressa et regarda par-dessus la pierre. Le crépuscule approchait. Ses vêtements étaient mouillés et elle avait mal partout à cause du froid. Elle regardait vers le haut de la pente pour estimer la distance qu'elle avait parcourue lorsqu'elle vit un lièvre malingre, contre le vent, qui mastiquait les rameaux d'une branche cassée tombée sur la surface neigeuse. Le lièvre était tour à tour visible et invisible dans la pénombre, que la fille scrutait en plissant les yeux, mais il ne bougeait pas. Alors, d'un geste, elle sortit une flèche de son carquois, l'encocha, banda l'arc et tira. La flèche s'éleva sur son empennage en aiguilles de pin, frôla la branche, atteignit le lièvre au cou et le renversa. Il tomba, hébété, dans une flaque de sang qui s'élargit rapidement. La fille se releva tant bien que mal et courut vers lui, le ramassa dans la neige, et suça sa plaie au cou à travers fourrure et puces, tandis que l'animal donnait des coups de pattes sauvages, dans ses derniers spasmes, contre les poignets de la fille qui resserra sa prise, et tordit l'animal pour lui ôter la vie, si bien que son cou se brisa. Elle continua de boire cette vie jusqu'à ce qu'il n'y en ait plus, puis courut aussi vite qu'elle le put, ses raquettes aux pieds, l'arc sur son épaule, tirant le lièvre par les oreilles, jusqu'à la grotte.

Ses mains tremblaient lorsqu'elle disposa une fine couche d'écorce de bouleau sur les dernières braises qu'elle put trouver dans le foyer, elle souffla jusqu'à ce que l'écorce fume et prenne feu. Elle rajouta de l'écorce, des branchettes de pin et du cèdre séché qu'elle avait grappillé sur les flammes, qui s'élevèrent. Puis elle prit son couteau, vida et pela le lièvre sur place, le sang de l'animal se mêlant avec le sien, qui coulait des griffures à son poignet et d'une coupure à la paume qu'elle se fit dans sa hâte. Elle jeta la peau de côté, embrocha la carcasse sur un bâton, la plaça sur le feu et la tourna, regardant la viande noircir et fumer. L'odeur de chair brûlée emplit la grotte et elle ne put plus regarder. Elle la sortit du feu, arracha des lanières de viande des os et les avala entières, puis se tint l'estomac et se mit à avoir des haut-le-cœur, à vomir encore et encore, jusqu'à ne plus pouvoir respirer, s'étouffant et s'étranglant sur le sang et la viande mal cuite. Elle tomba à quatre pattes et se recroquevilla dans une flaque de sa propre bile sur la pierre, la poitrine soulevée de halètements violents, jusqu'à ce que sa respiration se calme. Elle se mit à pleurer dans son épuisement et sa solitude et sa peur désormais de tout – même du sommeil.

Elle regardait depuis le sommet de la montagne isolée. C'était la fin du printemps, les arbres en dessous d'un vert éclatant, au-dessus d'elle un aigle décrivant de larges cercles dans l'air. Au loin, elle pouvait voir la petite maison, puis elle se retrouva à l'intérieur de la maison, mais son père n'était pas là. Elle se mit à s'affairer, et s'aperçut que l'âtre était froid. Il y avait des toiles d'araignées dans les coins et des crottes de souris par terre. Puis ce fut l'hiver. Le vent soufflait de la neige qui s'accumulait sur les vitres, la maison était toujours vide. Elle ouvrit la porte pour s'en aller et marcha de la maison à la grotte. Un ours était assis près du feu. Il avait un poisson dans les griffes et il le lui tendit.

Fais-le cuire, dit-il, et elle le plaça sur le feu et aussitôt il fut cuit, mais la fille ne pouvait remuer les bras pour prendre le poisson et manger.

Tu as faim, je le sais, dit l'ours du rêve, mais il faut que tu aies faim de plus que de nourriture. De plus que de sommeil. Nous nous endormons tous et nous allons dormir longtemps. Aie faim de ce qu'il te reste à accomplir pendant que tu es réveillée.

Je ne peux pas vivre si je ne peux pas manger, dit la fille.

Tu t'es rendue trop tôt à la rivière.

Elle baissa les yeux sur le poisson.

Je peux la traverser maintenant.

La traverser seule ne te sauvera pas.

Mais je suis seule.

La fille se tourna vers le fond de la grotte et vit l'ours toujours endormi en boule contre la paroi.

Tu n'es pas lui, n'est-ce pas ? demanda-t-elle à l'ours du rêve.

Tu sais qui je suis.

Elle se réveilla et rampa dehors dans le matin, se lava avec de la neige et en mangea des poignées pour apaiser sa soif, puis en apporta des brassées dans la grotte et les jeta sur le sol où elle avait dormi dans son propre vomi. Ensuite, elle sortit des cendres le lièvre à demi mangé sur sa broche et alluma un nouveau feu, qui dégagea assez de chaleur pour faire fondre la neige au sol, si bien qu'elle s'imprégna de l'odeur de bile restée dans les fissures.

Elle se rendit au fond de la grotte et prit dans son sac la marmite que son père avait transportée. Elle y jeta le sel restant, décortiqua la viande du lièvre embroché pour la placer dedans, sortit pour la remplir de neige, puis la laissa à l'entrée de la grotte. Elle enfila ses raquettes et descendit jusqu'à la limite des arbres, où elle préleva deux poignées de cambium d'un pin blanc. Munie de celles-ci et d'une branche sèche qu'elle cassa du tronc, elle remonta à la grotte, plaça l'écorce dans la marmite avec la viande du lièvre, et fit repartir les flammes avec des morceaux de bois.

Elle se reposa et but de l'eau pendant que son maigre ragoût cuisait. Lorsque l'écorce se fut amollie et que la viande se fut séparée des os, elle retira la marmite du feu, la rafraîchit dans la neige, et mangea ce qu'elle put de son dîner jusqu'à être repue, bien qu'encore faible. Elle savait que, désormais, sa seule chance était de retourner à la rivière pour pêcher dans un trou de glace. Si elle pouvait tenir jusque là-bas grâce à un régime de neige fondue, de mousse et d'écorce, elle aurait plus de chances de trouver de quoi manger sur les berges. Et, qui sait, peut-être y aurait-il du poisson.

Il était autour de midi. La faim allait la retrouver, qu'elle marche ou qu'elle reste dans la grotte ; elle prit son arc et son carquois, sangla son sac sur son dos, et repartit vers le bas de la montagne avec ses raquettes.

La première nuit, elle fit un feu avec les charbons qu'elle transportait et réchauffa le reste de son ragoût de lièvre et d'écorce. Le lendemain matin, elle récupéra d'autres charbons dans le feu et reprit la route.

Elle arriva au bord de la rivière avant le soir du troisième jour et vit l'endroit où elle avait tenté de traverser, la berge sur laquelle le puma l'avait traînée, les herbes où il l'avait allongée, couvertes à présent de neige, où s'élevaient de longues tiges de gerbes d'or constellées de boules de galle, et elle se rappela ce que son père lui avait expliqué qu'elles contenaient, l'hiver. Elle s'avança dans la plaine et se mit à cueillir les boules sur les tiges, puis s'assit et les ouvrit avec son couteau. À l'intérieur de chacune se trouvait une minuscule larve blanche. Elle en mangea six avec des poignées de neige. Puis elle prit un petit hameçon qu'elle avait façonné à partir d'un os du chevreuil que le puma lui avait apporté, ficha trois asticots dessus et l'attacha à son fil de pêche.

Elle savait que sous la neige et la glace il y aurait des pierres, et elle en déterra afin de sélectionner de longs morceaux de granit qu'elle puisse tenir comme des ciseaux. Elle en trouva deux qui faisaient l'affaire, de longueur différente, ainsi qu'une pierre ronde qui tenait dans la paume de sa main et ferait office de maillet.

Elle pouvait traverser la rivière, à présent ; elle s'avança de sept pas, posa sa ligne et son appât dans la neige, déblaya un carré de neige jusqu'à la glace, puis traça un cercle et se mit à l'attaquer à coups de pierres. La glace faisait l'épaisseur de plusieurs mains, et elle cogna longtemps avant que l'eau se mette à jaillir du trou pratiqué par son ciseau de fortune, qu'elle mit de côté pour ne pas le perdre la fois suivante. Elle prit l'autre pierre, plus longue, et, avec celle-ci, finit le travail, retirant les éclats de glace du trou jusqu'à ce qu'elle voie la rivière couler dessous.

Elle prit sa ligne, lâcha l'hameçon dans le trou, et se mit à faire danser son appât dans l'eau sous la glace. Immédiatement, elle sentit une résistance et sortit de l'eau un petit méné de rivière. Il restait des larves sur l'hameçon, donc elle recommença jusqu'à avoir pêché trois ménés et épuisé ses appâts. Puis elle passa l'hameçon à travers les lèvres inférieure et supérieure de l'un des ménés et jeta le tout dans l'eau en guise d'appât, laissant la ligne filer dans le sens du courant pour que le vairon ait l'air de nager contre le courant. Elle fit jouer la ligne qui dérivait dans les courants plus profonds sous la glace et, lorsque la truite mordit, elle sut que c'était un gros poisson.

Les trois ménés lui permirent d'attraper du poisson. Ce soir-là, elle fit un feu avec les arbrisseaux secs et les arbres déracinés abondant dans la plaine, et fit cuire deux truites. Elle mangea tout sauf les arêtes, entretint le feu tard dans la nuit, puis s'endormit dans ses peaux et sa couverture sous les étoiles.

Au matin, elle récolta d'autres larves de mouche dans les boules de galle et sortit quatre truites avant que le soleil soit passé au-dessus des arbres à l'est. De là où elle se tenait sur la rivière gelée, elle vit une perturbation arriver du nord, et tenta de décider si elle devait retourner à la grotte pour s'abriter, ou se réfugier dans les bois près de la rivière, où se trouvait la nourriture. Elle sut qu'elle allait rester.

Elle retourna auprès du feu avec ses prises, vida un poisson et le plaça sur des brindilles de bois vert pour le faire cuire. À cet instant, elle leva les yeux et remarqua un aigle perché bas sur une branche morte d'un chêne, à la limite de la forêt et de la plaine. C'était un oiseau magnifique. La tête et les plumes de la queue couleur ivoire doux contrastant avec les ailes gris-noir, le bec crochu et les serres étroites du même jaune que le soleil jaillissant d'un banc de nuages. L'oiseau dans son ensemble avait l'air, lui aussi, d'avoir jailli de l'horizon d'un paysage stérile, et demeurait immobile dans une attitude perpétuelle d'observation et de chasse. La fille laissa sa truite sur le feu et marcha vers lui. L'aigle remua et ébouriffa ses plumes, et elle vit qu'il portait quelque chose dans ses serres. Sa tête se dressa, il battit des ailes, quitta la branche pour descendre vers la fille et laissa tomber sur la neige l'oie qu'il tenait fermement. Ensuite, il effectua un demi-tour serré en l'air et retourna jusqu'à l'arbre.

La fille ramassa l'oie. Sa mort n'était ni très récente ni très ancienne. Le long cou était brisé et la tête pendait mollement, il y avait du sang gelé autour du bec. Elle leva les yeux vers l'aigle et lui fit signe d'approcher. L'oiseau qui s'était reposé sur la branche de chêne s'envola aussitôt et se dirigea droit vers la fille. Elle choisit la plus grosse des truites qu'elle avait pêchées et la jeta aussi haut qu'elle le put en l'air, et avant que le poisson n'ait même commencé à descendre l'aigle plongea, le prit dans ses serres et fila droit vers l'autre berge, traversant la rivière avant de disparaître dans la forêt à l'ouest.

Le soir venu, le front nuageux était passé, ne laissant qu'une couche superficielle de neige. À mi-chemin de la grotte où dormait l'ours, la fille construisit un appentis avec des branches de pin et des tiges de ciguë, puis elle pluma l'oie et la rôtit sur un feu qu'elle démarra avec des gerbes d'or séchées et entretint toute la nuit grâce aux branches de hêtre et de chêne ramassées en route.

Le lendemain, de retour à la grotte, elle vida ses truites, les plaça sur la grille, et ralluma un feu dans le foyer refroidi sur le sol de pierre. Une fois la grotte réchauffée, elle prit les six flèches de son carquois, retira les empennages en aiguilles de pin, et gratta toute la sève en haut de la tige. À l'aide de son couteau, elle tailla des rainures dans les hampes pour les plumes d'oie, fendit celles-ci, et les fixa aux flèches. Elle inspecta les pointes en os de chevreuils et en remplaça deux avec les pointes en verre qu'elle avait fabriquées sur la plage avec les morceaux déterrés par son père à l'emplacement des murs. Puis elle disposa toutes ses flèches par terre près du feu afin de les faire sécher.

C'était la fin de l'après-midi et elle avait épuisé toute la force qu'il lui restait. Mais elle ne ressentait plus rien de la faim qui l'avait tenaillée si longtemps. Il y avait de l'oie et de la truite fumée à manger pour plus d'une phase de la lune, et elle sentit une faim complètement différente, une faim de chasse, monter en elle à mesure que revenaient ses forces. Elle savait que les flèches qu'elle avait fabriquées et rangées dans son carquois allaient maintenant voler, si elle pouvait pister du gibier alentour et se placer à portée de tir. Elle regarda de l'autre côté du feu et vit son père, assis sur le sol, contempler les flammes en fumant. Elle ferma les yeux et les rouvrit. Il avait disparu.

L'aube rose s'empourprait sur la neige du matin lorsque la fille émergea de la grotte dans sa fourrure et ses peaux avec son arc et ses flèches, et elle se dissipa imperceptiblement avant que le soleil ait franchi la ligne d'horizon. Son père lui avait dit jadis que tous les animaux étaient des êtres d'habitude, comme elle et lui. La différence, c'était qu'elle pouvait choisir de changer ses habitudes. Les animaux changeaient quand ils avaient peur. Change avant que la peur ait le temps de te submerger, disait-il, ou après l'avoir vaincue, quand elle est passée, comme une tempête. Et ainsi, ce matin-là, elle ne grimpa ni ne descendit la montagne, mais suivit la crête et en fit le tour comme pour attacher une corde autour du milieu de la montagne.

Quand le ciel fut plus clair et le soleil plus haut, la fille se trouvait dans une forêt qu'elle n'avait jamais vue auparavant, avec une plus forte densité d'arbres et des formations rocheuses abruptes, presque dépourvues de végétation, une couverture fine de neige fraîche molle et poudreuse sur la couche plus ancienne, gelée. Avançant rapidement grâce aux raquettes auxquelles elle s'était si bien habituée, elle suivait un sentier naturel qui se mit à grimper sur une saillie rocheuse qui, après une courte distance, donnait sur un point de vue depuis lequel elle put voir par-dessus les arbres qui poussaient dans la forêt en dessous.

Le ciel était à présent dégagé et, sur sa corniche, elle s'accroupit pour examiner la pente, puis posa la main sur le sol et tâta le rebord du rocher. Gelé. Elle cogna la glace avec le manche de son couteau, et celle-ci se cassa facilement, révélant de l'eau et de la mousse. Elle se mit à plat ventre et vit un mur de glace qui s'étirait de la corniche au sol, un torrent qui, elle le savait, commençait dans les mares printanières au sommet de la montagne, lesquelles s'infiltraient dans le sol et se dirigeaient vers le bas de la pente, créant en hiver cette feuille translucide. Elle pila la glace et détacha autant de mousse qu'elle le put de la paroi avec la lame de son couteau. Puis elle plaça la mousse dans sa bourse, se releva et descendit du promontoire comme si elle flottait sur la neige.

Elle la vit en se redressant. Une concentration dense de feuillus, au loin, poussant sur la terre riche qui avait lentement coulé vers le bas de la pente, ce depuis si longtemps que seuls les arbres pouvaient s'en souvenir. Dans ce rassemblement, les animaux devaient trouver un abri contre le vent, et de la nourriture – glands, faines, noix de pécan et samares –, un abri qui les attirerait sur son sol, même au cœur de l'hiver.

Elle s'approcha du bosquet en décrivant un large cercle pour ne pas effrayer les animaux qui s'y trouvaient peut-être déjà en train de chercher à manger, mais les bois étaient silencieux. Elle s'assit près d'un groupe de hêtres et plaça son arc par terre. Elle demeura sans bouger pendant toute la journée, avec de la mousse à manger et de la neige à boire. Le soleil disparut derrière le sommet de la montagne et elle ne bougea pas du bosquet. La nuit la trouva au même endroit.

Elle se réveilla dans le noir et leva les yeux à travers les branches nues. Le Lion suivait l'Ourse haut dans le ciel de l'est. Le matin approchait. Elle prit un peu de mousse dans son sac et la mangea avec de la neige, puis se leva lentement et plaça son front contre le tronc argenté et lisse du hêtre.

De grise, la lumière sur les troncs vira à l'argent, et elle eut l'impression de pouvoir sentir la terre elle-même tourner. Il n'y avait rien en elle en cet instant. Pas de faim, pas de sommeil, pas de désir et pas de froid. Elle comprit ce qu'on lui avait dit. Elle ramassa son arc, encocha une flèche et tendit l'oreille afin de guetter l'arrivée du cerf qui, elle le savait, montait le flanc de la montagne pour venir à sa rencontre.

Les jours d'hiver succédaient aux jours d'hiver, la neige et le froid tel un courant ininterrompu déterminé à engloutir la forêt dans un gel dévorant. Mais la fille ne se décourageait pas. Elle avait tanné et s'était cousu une nouvelle paire de chaussures en peau de chevreuil et fourrure de lapin, à l'extérieur desquelles elle fixa les queues de castor en guise de semelles. Le reste des fourrures qu'elle avait fait sécher, elle les cousit à l'intérieur de la chemise en peau de chevreuil qu'elle portait en arrivant dans la forêt, si bien que, désormais, elle ressemblait elle-même à un animal surnaturel et dépenaillé parcourant le paysage, carquois de flèches dans le dos et un arc en chêne à l'épaule.

Elle chassait lorsque sa réserve de nourriture était épuisée. Chaque fois, elle trouvait dans les bois un emplacement où elle n'avait pas encore chassé. Là, elle s'asseyait et écoutait la forêt, puis attendait et observait afin de voir quel animal s'offrait. Ses flèches étaient pointues, son arc puissant, et elle visait bien. Dans sa gratitude, elle laissait derrière elle des branches tendres, des tas de mousse et des baies de gaulthérie. Si c'était un gros chevreuil, elle déposait une bonne portion de sa viande à côté de la fissure en forme de cheminée au sommet de la montagne pour les autres carnivores et, le matin, la nourriture avait toujours disparu.

Lorsque venaient les tempêtes et qu'elle se blottissait devant son feu dans la grotte, elle savait que toutes les autres créatures, elles aussi, se blottissaient quelque part en quête de chaleur. C'étaient les heures durant lesquelles elle marquait avec du charbon sur la paroi de la grotte les phases de la lune, ou notait les constellations visibles dans le ciel, comptant les jours avant l'équinoxe, où la lumière et l'obscurité seraient égales sur la terre. Et, chaque soir, avant de dormir devant le feu, elle parlait à son père, lui racontant ce qu'elle avait fait dans la journée, ce qu'elle comptait faire le lendemain, et l'assurant qu'elle espérait être à la maison pour le solstice, comme toujours.

Peu à peu, elle sentit l'hiver desserrer son étau, comme il le devrait fatalement. Les jours allongeaient. Le soleil montait plus haut dans le ciel. Les nuits délaissaient leur froideur. Un matin, en grimpant au sommet de la montagne, la fille remarqua que la glace sur la rivière s'était fendue. Même de si loin, elle en distinguait des monticules entassés contre chacune des berges, et l'eau qui coulait au milieu tel un cours de bouillie métallique.

Nous allons encore devoir traverser en haute montagne, dit-elle tout haut, et elle redescendit jusqu'à la grotte.

Elle attendit l'aube du lendemain et repartit par le même sentier forestier en direction de la rivière. Mais celle-ci était plus rapide et plus forte. Le voyage qui avait pris trois jours deux mois plus tôt ne prit qu'une journée. Elle était habituée à la piste et, même si la neige était encore épaisse, à chaque pas elle sentait son cœur battre plus vite, comme quand elle était plus jeune et savait que l'hiver était en train de céder la place au printemps. Elle arriva au bord de la rivière au crépuscule.

Elle avait son arc et le cordon de tendon le plus long et le plus fin qu'elle avait pu tresser de façon à allonger sa ligne de pêche fixée à une flèche. Mais en approchant de l'eau, elle remarqua des blocs de glace qui émergeaient et glissaient sous d'autres blocs dans un manège perpétuel sur toute la largeur de la rivière. Même si elle parvenait à s'approcher suffisamment pour se poster sur un rocher et tirer dans un trou d'eau, la flèche allait heurter la glace avant d'atteindre les poissons qui nageaient peut-être dans le courant en dessous. Elle mangea donc le gibier fumé qu'elle avait apporté et dormit à la lisière de la forêt dans un abri de fortune. Le lendemain matin, elle remonta à la grotte.

Lorsqu'elle observait les étoiles, la nuit, devant la grotte, le Cancer était la constellation juste au-dessus d'elle, tandis que les Gémeaux descendaient à l'ouest, et que le Lion montait. Le matin, elle avait commencé à entendre le chant des oiseaux et, là où la neige avait fondu sur les corniches rocheuses, de petites pousses d'herbe émergeaient parmi les cèdres cagneux, et de minuscules fleurs sauvages s'ouvraient. La nuit et le jour étaient en équilibre. Le printemps était arrivé dans la forêt.

Elle laissa passer une phase de la lune et retourna au sommet de la montagne pour observer la rivière. L'eau était d'un bleu uniforme, les berges de nuances de blanc et de vert, avec des bandes d'herbes hautes s'avançant sur la plaine et jusqu'aux bois. Cette nuit-là, quand elle s'endormit, elle avait préparé et emballé tout ce dont elle aurait besoin pour une excursion de quelques jours.

Le lendemain, il faisait doux et elle partit sans raquettes, descendant le sentier au petit trot sur la plus grande partie du chemin. Le soleil était encore haut et la lumière oblique mais forte lorsqu'elle arriva à la rivière – elle se tenait sur ses berges pour la quatrième fois. Elle examina la surface rapide de l'eau, cherchant une mare ou un rocher en aval duquel les poissons puissent se reposer pour attendre le passage de nourriture. Elle s'avança dans l'eau et sentit la puissance du courant. Elle fit un autre pas, de l'eau jusqu'aux genoux, le courant si fort qu'elle dut se pencher vers l'amont pour ne pas être renversée. C'était aussi froid dans son souvenir que l'eau glacée de l'hiver et, si elle allait plus loin, elle allait de nouveau être emportée.

En regardant vers l'amont, elle repéra un coin où la surface se faisait lisse et le courant plus calme autour d'un objet submergé. Elle se dirigea péniblement vers ce point en luttant contre le courant et vit un gros rocher rond sous la surface. En se protégeant les yeux du soleil couchant, elle remarqua dans l'eau tourbillonnante les queues tremblotantes de truites immobiles. Elle encocha la flèche à laquelle elle avait fixé sa ligne de pêche, visa en dessous des queues qu'elle avait aperçues, et tira.

Elle sentit le poisson bondir contre la ligne, puis retomber sous l'eau et filer droit contre elle. Elle le tira prestement hors de l'eau et se dirigea vers la rive. C'était une belle truite, presque aussi grosse que le poisson rayé qu'elle avait attrapé dans l'océan. Elle sortit délicatement la pointe de flèche et laissa le poisson battre de la queue sur l'herbe de la berge, puis retourna au même endroit dans l'eau, encocha une nouvelle flèche et attendit.

Elle ne savait pas si les autres truites n'avaient pas été effrayées. La première était venue dans le sens du courant assez rapidement après qu'elle l'eut atteinte, et si le couloir d'alimentation était aussi bon qu'elle l'avait cru il y aurait d'autres poissons à cet endroit. Le jour baissait. À l'instant précis où, à l'ouest, le soleil rejoignait le sommet de la chaîne de montagnes, elle visa le même emplacement et lâcha la flèche dans l'eau, où celle-ci s'arrêta comme si elle s'était fichée dans un bloc de bois.

Le poisson jaillit contre le sens du courant, s'amollit, puis retomba dans l'eau et dériva vers elle. Cette truite était plus grosse que la première. Les genoux et les jambes de la fille souffraient du froid lorsqu'elle sortit de l'eau en titubant et parvint à la rive, détrempée. Mais elle rassembla ses prises et se rendit à la lisière de la forêt, où se trouvait toujours son abri, et il lui restait encore assez de charbon pour allumer un feu.

Au matin, elle bourra de neige le second poisson et redescendit à la rivière pour un nouvel essai avant de remonter à la grotte. Elle fit tout comme la veille mais resta bredouille. Les poissons s'étaient déplacés. Elle avança d'un pas supplémentaire dans l'eau et s'aperçut qu'il y avait un rocher semblable au premier, juste à côté, sur le lit de la rivière. Le courant dans l'interstice entre les deux était trop rapide, mais pas la poche derrière le second roc. C'était un coup plus hasardeux, mais elle devait le tenter. Elle devait savoir. Elle banda son arc et tira.

Cette fois, le poisson fonça vers le centre de la rivière et déroula toute la ligne qu'elle avait sur l'arc. Elle s'avança dans l'eau jusqu'à la poitrine, et elle sentait le poisson tenter de se libérer de la flèche, et l'eau qui poussait violemment contre elle tandis qu'elle faisait de son mieux pour garder l'équilibre. Le poisson céda juste au moment où elle glissait, projetée dans le courant. Elle enfonça le bout de son arc dans l'eau pour se propulser vers la rive et nagea de toutes ses forces vers la berge, jusqu'à ce que ses mains sentent des rochers et de l'herbe sous elle, puis se traîna hors de l'eau, avec le poisson.

La fille s'en retourna avec cinq poissons. Elle atteignit la grotte le soir même, en fit cuire un pour son dîner et s'endormit. Le matin, elle se prépara une tisane de feuilles de fraisiers, et dit à l'ours, sans regarder le fond de la grotte : Bonne pêche en bas. Mais tu le savais déjà.

Elle entendit comme une sorte de bâillement et un grognement s'élever du coin de la grotte, et se retourna. L'ours était assis et secouait la tête, comme s'il ne savait pas du tout où il se trouvait. Puis il se mit laborieusement sur ses pattes et s'avança vers la lumière.

La fille se leva et s'écarta de son chemin tandis qu'il sortait de la grotte et s'arrêtait devant la paroi rocheuse, le long de laquelle la neige fondue dégoulinait en filet. Il lapa l'eau, puis se rendit dans la forêt et entreprit de dévorer les jeunes pousses qui dépassaient de la neige en train de fondre. Une fois qu'il eut brouté tout ce qu'il put trouver sans s'aventurer trop loin, il rentra d'un pas tranquille et se rallongea dans la grotte.

Il répéta l'opération encore trois fois au cours des deux jours suivants, restant chaque fois plus longtemps dehors pour manger et boire. Le matin du troisième jour, il reconnut la fille et s'assit à côté d'elle devant le feu.

Mange ça, lui dit-elle, et elle lui tendit un poisson.

La fille regarda l'ours dévorer le poisson jusqu'aux arêtes, se tourner vers elle et demander : Tu en as un autre ?

Elle se rendit dehors, à l'endroit où elle avait enfoui dans la neige les poissons qu'elle avait pêchés et rapportés de la rivière, en dégagea un et le donna à l'ours. Il le mangea avec la même concentration vorace que le précédent, jeta le squelette par terre, se lécha les griffes quand il eut terminé, et tous deux restèrent assis en silence devant le feu.

L'hiver a été long ? demanda enfin l'ours.

Froid et sombre. Tu sais bien, dit la fille. L'hiver.

Je ne sais pas, non, dit l'ours. Mais plus l'hiver est froid, plus j'ai du mal à émerger de mon sommeil. Cela dit, j'ai fait un rêve, et tu étais dedans.

Raconte-moi, dit la fille.

On était assis autour d'un feu, comme celui-ci, et on parlait du sommeil. J'avais peur qu'à mon réveil, je te retrouve plongée dans un long sommeil et doive t'enterrer.

Je suis là, dit la fille.

Je suis là aussi, dit l'ours. Et si tu gardes des poissons dans la glace dehors, je serai de bien meilleure compagnie après en avoir mangé un autre.

La fille se leva.

J'en ai plus d'un, dit la fille. Et la rivière en est pleine. Quand tu auras récupéré suffisamment de forces, je t'y emmènerai.

Quatre jours après, ils descendirent la montagne par le même sentier qu'ours et fille avaient parcouru ensemble à l'automne, et la fille raconta à l'ours les aventures qu'elle avait vécues pendant qu'il dormait. Elle lui parla du puma, lui décrivant comment le félin l'avait sauvée quand elle avait tenté de traverser sur la glace trop mince et manqué se noyer. Elle lui parla du gibier que le puma lui avait rapporté. Et elle lui raconta qu'elle s'était fabriqué des raquettes et un arc, mais, même ainsi, qu'elle n'était pas parvenue à trouver de gibier à chasser ou à abattre avec les flèches qu'elle avait façonnées, si bien qu'elle avait été certaine qu'elle allait mourir de faim. Puis, elle avait rêvé d'un ours qui lui avait donné un poisson et, à son réveil, elle était descendue à la rivière pour pêcher à travers la glace. C'était là qu'un aigle lui avait apporté une oie, et elle s'était servie des plumes pour confectionner de meilleures flèches. Après, elle avait recommencé à chasser, en parlant d'abord à la forêt et aux animaux, leur disant sa gratitude pour ce qu'ils allaient lui donner, mais sachant qu'elle n'aurait pas passé l'hiver, malgré ce qu'elle avait fabriqué, sans ce qu'on lui avait donné.

Ils marchèrent jusqu'à la forêt qui longeait la plaine de la rivière – l'ours dut demander à la fille de ralentir pour ne pas se faire distancer, car elle ne marchait pas tant qu'elle bondissait, et lui le sommeil d'hiver l'alourdissait encore un peu – et s'arrêtèrent dans un bosquet de pins pour la soirée. À présent, il y avait des jeunes pousses et des bourgeons tout autour pour les nourrir tous deux. L'ours trouva même une branche pourrie pleine de fourmis et d'asticots grouillant dans l'aubier décongelé et pulpeux, et la fille et lui s'en délectèrent aussi pour leur dîner.

Lorsque la nuit tomba et que sortirent les étoiles, l'ours se roula en boule contre le tronc d'un vieux pin blanc tandis que la fille entassait des aiguilles de pin à côté de lui pour se faire un lit. Elle resta couchée là un long moment, humant le parfum sucré de la terre mêlé avec l'odeur de la fourrure de l'ours. Elle se sentait chez elle en cet endroit, observant la Vierge et le chasseur Sagittaire dériver dans le ciel. Elle resta éveillée le plus clair de la nuit, écoutant les chants des oiseaux moqueurs et les ululements d'une chouette, puis s'assoupit aux premières heures de l'aube, et aucun rêve ne la suivit.

Le soleil était haut quand l'ours secoua la fille pour la réveiller le lendemain et dit : C'est le moment de pêcher.

Ils n'étaient pas loin de la rivière. En émergeant des bois, ils virent la forêt et les collines à l'ouest et entendirent bien vite le murmure de l'eau.

L'ours reprenait des forces de jour en jour, mais lorsqu'ils arrivèrent au bord de l'eau, il plongea dans le courant violent et s'enfonça si vite et pendant si longtemps que la fille crut qu'il avait été emporté. Elle se débarrassa de son arc et de son carquois et s'apprêtait à plonger pour le secourir, mais elle le vit émerger à plusieurs pas en aval, une grosse truite remuant la queue dans ses mâchoires, et il reprit son équilibre tant bien que mal et grimpa sur la berge.

Il rejoignit la fille et se planta devant elle, trempé, la truite s'agitant toujours dans sa gueule. Il la laissa tomber sur l'herbe et dit : Tu avais raison.

La fille examina l'ours et répondit : C'est toi qui disais que tout parle. Tu crois que tous ces poissons savent qu'il y a un ours affamé dans les parages ? Qu'est-ce qu'on fait maintenant ?

L'ours ne répliqua rien, mais s'assit par terre et dévora sa truite. Quand il eut terminé, il se remit à quatre pattes et demanda à la fille : Tu en veux une ?

Je peux la pêcher moi-même, dit-elle.

Elle ramassa son arc, prit une flèche dans son carquois, et s'avança prudemment dans le courant. L'eau avait nettement baissé depuis le temps où la rivière n'était qu'une banquise, mais elle était toujours rapide et dangereuse. Le rocher depuis lequel elle avait pris du poisson la dernière fois se trouvant sur le trajet emprunté par l'ours pour pêcher, elle marcha contre le courant et examina la surface de l'eau en quête d'un bloc de pierre disposé de la même manière dans le fond. Elle fit pas moins de vingt pas en amont avant d'en trouver un, et elle s'en approcha en pataugeant lentement, comme si elle pistait du gibier sur la terre ferme.

L'ours la suivait de loin depuis la rive. Il n'avait jamais vu quoi que ce soit dans la forêt attraper des poissons avec un arc et des flèches. Mais la fille était bien là, perchée sur un rocher, les pieds juste sous la surface, scrutant l'eau qui affluait en deux lunes distinctes à gauche et à droite d'elle. Elle se tenait aussi immobile et silencieuse qu'un martin-pêcheur que l'ours avait souvent observé dans les rivières et marais au cours de ses voyages, jusqu'au moment où elle leva son arc, le banda et tira. La ligne se décolla de l'arc et s'arrêta net. La fille se mit à tirer pour la ramener, une main derrière l'autre et, à l'autre bout, il y avait un poisson.

Elle prit sa propre truite par la gueule pour la faire voir à l'ours. Il ramena sa tête en arrière en signe d'admiration et repartit patauger en aval pour pêcher de son côté.

La fille et l'ours ne retournèrent jamais à la grotte dans la montagne. Ce printemps-là, ils vécurent sur les berges de la rivière pendant plusieurs phases de la lune, pêchant et cueillant des fougères autruches, des oignons sauvages, tout ce qu'ils pouvaient trouver dans l'abondance de la nature. Si la fille avait besoin de bois pour fabriquer une nouvelle flèche, ou si l'ours éprouvait l'envie de grimper aux arbres, ils marchaient ensemble dans la forêt. Et souvent, pendant ces promenades, la fille racontait à l'ours des choses que son père lui avait dites sur la terre, le soleil, la lune et les océans. Et quand ils s'installaient autour de leur feu, la nuit, ils se demandaient ensemble comment ce serait de se trouver sur une autre partie de la terre, ou de traverser tout un océan.

Quand la neige eut fondu partout sauf dans les hautes montagnes, les deux compagnons se mirent en route vers le nord. La fille vers l'endroit où elle traverserait la rivière et ramènerait les restes de son père à sa montagne. L'ours pour voyager avec elle et écouter ses histoires, certaines qu'elle avait entendues de la bouche de son père, d'autres qu'elle inventait lorsque sa mémoire s'épuisait et que l'ours en redemandait.

Un soir, autour d'un feu au bord d'un petit lac de montagne dans lequel des blocs de glace flottaient telles de petites îles sans attaches, la fille demanda à l'ours depuis combien de temps il vagabondait dans la forêt, et combien de temps il espérait encore vagabonder.

Ça fait un bout de temps, dit l'ours. Plus d'étés que je n'ai d'orteils. Nous recevons en partage ce nombre d'années-là, plus dix, avant de ne pas nous réveiller de notre hiver.

La fille fixa le feu, sans bouger.

Tu ne sais pas combien tu en as, toi, si ? demanda l'ours.

Non, dit la fille.

L'ours la regarda à travers les flammes et dit, comme si ça allait régler la question : Les arbres sauront.

Pendant une grande partie de leur voyage, ils marchèrent et grimpèrent sous la pluie, et dormirent, la nuit, sous des éperons rocheux ou d'épaisses branches de pin, mouillés, et sans feu, repartant dès le réveil. La fille s'en moquait, et l'ours aussi. Ils avaient de quoi manger, et c'était la seule chose qui comptait réellement.

Quand ils arrivèrent enfin aux rochers où la fille avait traversé la rivière avec son père, tous deux s'abritèrent dans le bosquet le plus proche du rugissement du torrent et y campèrent pendant plusieurs jours chauds et secs, pêchant les petits ombles qui se tapissaient au fond des mares et fumant le poisson afin que la fille ait de la nourriture pour la dernière partie de son voyage jusqu'à chez elle. Une nuit où la pleine lune se levait dans le ciel à l'est, la fille annonça à l'ours qu'elle avait calculé, à partir des marques qu'elle avait faites sur la paroi de la grotte, que le solstice tomberait en même temps que la dernière pleine lune du printemps. Celle qui viendrait après que celle-là eut décliné pour laisser place à la nouvelle.

L'ours hocha la tête et se tut, et la fille lui demanda s'il allait faire le voyage jusqu'à la montagne isolée avec elle.

C'est chez toi, lui dit-il, et elle comprit que ça voulait dire non.

Qu'est-ce que tu vas faire ? demanda-t-elle.

Je suis un ours, dit-il. Je vais vagabonder.

Et, cette nuit-là, ils firent un feu aussi haut que possible et ce fut l'ours, cette fois, qui raconta à la fille les histoires que non seulement sa mère mais d'autres ours dont il avait croisé le chemin lui avaient apprises, des histoires de l'époque ou d'autres semblables à la fille vivait à chaque coin de la terre, et des histoires d'il y avait très, très longtemps, quand ils n'étaient que quelques-uns. Et aussi des débuts, quand il n'y avait personne, et que les forêts et océans et toute la terre étaient neufs.

Au matin, l'ours était parti. La fille fit cuire le reste du poisson et se réchauffa une tasse de tisane pour son petit déjeuner sur un feu qu'elle fit repartir avec les branchages qu'elle avait employés pour fabriquer son fumoir. Quand elle eut terminé son repas, elle s'attarda près du feu, laissant brûler les brindilles, sentant l'odeur de feu de bois et de sapin frais dans l'air, et se demanda quelle direction elle prendrait si elle était un ours. Et lorsque le feu ne fut plus que braises, elle en plaça deux dans son gobelet en fer-blanc bourré d'herbes vertes et recouvrit de terre le charbon et la cendre du foyer avant de pousser des aiguilles de pin un peu partout dessus, si bien qu'on aurait dit que rien ni personne ne s'était jamais arrêté dans ce bosquet. Puis elle prit son arc, son carquois et son sac et se rendit au bord de la rivière.

L'air se réchauffait et un avant-goût de l'été se faisait sentir dans le vent tandis qu'elle marchait vers le sud. Jeunes oiseaux à leur premier vol. Faons surveillés par les biches dans les fourrés. Fraises sauvages petites et sucrées mûrissant dans les prairies à flanc de montagne. Chaque jour, en chemin, elle mesurait la longueur de son ombre, et elle constata qu'elle avait tenu son calendrier correctement. Elle retrouva des repères qu'elle se rappelait de son voyage avec son père, puis la lune montante.

Elle continua, grimpant sur des sommets, descendant dans des vallées, dormant à l'abri de bosquets quand elle ne voyait rien devant elle, et se levant avant le soleil pour profiter au maximum de la lumière. Elle avait fini son poisson fumé depuis longtemps et se nourrissait désormais des plantes de la forêt, comme elle le faisait avec son père, ne voulant pas abattre du gibier accompagné de petits. Elle ne fit pas non plus de feux. Elle progressait vers le sud et, un matin de ciel clair, avant le coucher de la lune montante à l'ouest, tandis qu'un soleil orange se levait à l'est, la fille regarda depuis son promontoire et reconnut au loin le sommet caractéristique, en forme de tête, de la montagne isolée, à une journée entière de marche. Elle mit son sac sur ses épaules, repartit sous la canopée et se dirigea vers la vallée, vers la maison.

La maison était exactement telle qu'ils l'avaient laissée, si ce n'était les stigmates de l'hiver. Branches de pin cassées et tas d'aiguilles jonchaient le toit et recouvraient le porche et l'entrée comme un tapis. Un bouleau criblé de trous de pic-vert s'était cassé à la base et écroulé sur la cabane à outils à l'orée des bois, et lorsqu'elle approcha pour monter les marches en pierre qui menaient à la porte, un raton laveur s'enfuit en courant avec sa portée.

Le jour devenait plus chaud, mais il faisait froid dans la maison. L'âtre balayé soigneusement un an plus tôt était couvert de feuilles mortes tachées de guano, et la table était parsemée de crottes de souris et de tamias. Elle prit un recueil de poèmes sur la petite étagère où il était posé, mais la couverture lui resta dans les mains et elle le reposa. Elle promena les yeux autour d'elle, entra dans la chambre où avait dormi son père et la trouva comme avant, si ce n'était le silence et les toiles d'araignées. L'arc avec lequel il chassait était posé sur le lit, où il l'avait laissé. Le hamac qu'il attachait autrefois entre deux arbres au bord du lac était suspendu à un crochet au mur. Elle prit le hamac, retourna dans la cuisine, et sortit.

Le lendemain, elle se réveilla avant l'aube et ne mangea rien pour le petit déjeuner. Dans la cabane effondrée, elle prit une pioche et une barre de fer, et, son sac toujours sur son dos et sa boussole à la main, elle se mit à marcher vers le sommet de la montagne avant même que le soleil soit levé.

À l'endroit où le sentier sortait des arbres, elle se retourna et vit le toit de bardeaux de la petite maison et attendit sur la piste un bruit de pas approchant sur la pierre, mais elle n'entendit rien ni personne. Elle leva les yeux vers le sommet et parcourut le reste du chemin.

Arrivée à la tombe de sa mère, elle posa une main sur la stèle plate comme elle l'avait toujours fait, mais cette fois c'était surtout pour se stabiliser et se retenir tandis qu'elle se balançait dans le vent persistant et contemplait le chemin parcouru. Elle but un peu d'eau à sa gourde et posa son sac par terre. Elle détacha la pioche et la prit à deux mains, s'écarta de la tombe de sa mère de quelques pas et se mit à l'abattre violemment dans la roche et la terre.

Le soleil descendait vers l'ouest lorsqu'elle eut terminé de creuser un trou dans cette terre. Elle se mit à genoux, ouvrit son sac, en sortit la peau, défit le nœud et contempla une dernière fois les os et les cendres de son père. Puis elle roula de nouveau la peau, la plaça dans la tombe, et repoussa par-dessus la terre avec ses mains jusqu'à ce que tout ce qu'elle avait gardé de l'homme fut recouvert et disparu.

Maintenant viennent les jours où tu vas me manquer.

Elle se leva, recula, regarda le champ de pierres qui formait un petit monticule sur la terre, et éprouva soudain ce que l'homme lui avait dit avoir éprouvé quand il avait enterré la femme. Même si seules la pluie et la neige devaient le toucher dans ce sol, elle tenait à ce que rien ne le dérange. Alors elle partit ramasser des pierres de taille égale, et profita des heures qui faisaient le jour le plus long pour ériger quatre murs autour du périmètre de la tombe, longue et large de six blocs, sans parpaing d'aucune sorte. Ensuite, elle entreprit de combler l'intérieur en y plaçant les pierres et petits rochers qu'elle pouvait porter, un par un, jusqu'à ce que l'espace entre les murs soit plein, à l'exception d'un creux au milieu. Là, elle plaça la boussole et la recouvrit avec une plaque plate de gneiss, dont les stries lui rappelaient les vagues de la mer.

Un long moment s'écoula avant que la nuit tombe et que les étoiles se mettent à percer dans le ciel. Et bien qu'un vent nocturne lui fouette le visage et le corps, il était empreint d'une douce tiédeur qu'elle n'avait pas ressentie depuis la dernière fois qu'elle s'était tenue là le jour le plus long de l'année, laissant ses vêtements et sa sueur sécher. Elle avait faim et elle était fatiguée, mais elle ne voulait pas les quitter. Le vent soufflait du nord au sud sur le sommet. Elle s'accroupit entre les deux tombes pour se protéger, et s'allongea sur cette pierre et dans ce silence, seule ; elle n'était plus une enfant, mais pour toujours leur fille.

Les dernières années, la vieille femme parlait à tous les êtres vivants de la terre entre la montagne et la rive du lac, car ils venaient à elle sans crainte d'être dominés, et mangeaient avec elle les plantes, les graines et les fruits qu'elle faisait pousser et cueillait. Elle ne revit jamais l'ours, ni ne cessa de se demander où il était, et comment il allait, même après qu'elle sut que son espérance de vie était dépassée depuis longtemps.

Elle avait, depuis bien des saisons, arrêté de grimper sur la montagne sur laquelle se trouvait les tombes de ses parents. L'hiver, elle dormait dans une grotte sur l'île et pêchait dans des trous de glace. Entre le début du printemps et la limite de l'automne, elle retournait s'installer sur la berge du lac et dormait par terre ou dans un hamac qu'elle tissait à partir de lianes et de corde, et suspendait entre les troncs des mêmes deux majestueux pins blancs.

Elle n'entrait plus dans la maison. Les livres disloqués, les tablettes de papier reliées de cuir dans lesquelles elle écrivait autrefois et les meubles en bois qu'avait fabriqués son père servirent tous à alimenter des feux qui la réchauffèrent par les nuits fraîches du début de printemps et de la fin d'automne. La vitre de la fenêtre fut brisée et dispersée sur le sol. Le toit et les murs s'affaissèrent, se déformèrent et perdirent leur solidité et, en rentrant de l'île, un printemps, elle s'aperçut qu'ils avaient cédé à leur tour. Elle brûla le bois et les débris morceau par morceau.

Chaque matin, elle se levait comme une plante sortant de terre, puis elle s'allongeait de nouveau pour dormir lorsque le soleil s'était couché et qu'il ne restait pour toute lumière que les étoiles dans le dôme du ciel. En hiver, elle avait le temps de s'asseoir parmi les hêtres et les pins sur l'île pour écouter leur murmure. En été, lorsqu'elle se rendait au lac, c'était pour laver son corps vieux et nu dans les profondeurs fraîches de l'eau, accompagnée par le chant de l'oiseau jardinier gris et le cri du plongeon huard, comme elle l'avait fait la plus grande partie de sa vie. Et quand elle sortait de l'eau et s'asseyait sur l'herbe à côté du rocher qui gardait la marque de midi que son père y avait gravée dans le passé, c'était pour écouter en silence le lent susurrement des arbres.

Par une nuit de lune des moissons, en automne, les douces brises qui l'endormaient en été soufflant désormais pendant toute la soirée, tel un vent, elle rendit son dernier souffle et, le matin, resta sur le sol couvert de rosée. Elle demeura là, intouchée, pendant tout l'automne et l'hiver, sous une couche de feuilles mortes et de neige, et elle reposa là au printemps à la fonte des neiges, lorsque les pousses d'herbes, de fleurs sauvages et de jeunes érables se mirent à éclore autour de son corps mou et enfoncé, et au travers.

Le premier jour de l'été vint au bord du lac un ours à qui l'on avait dit de se rendre à une montagne isolée et, lorsqu'il arriva, il vit ce dont on lui avait parlé dans les histoires que lui avait transmises la mère ourse à partir du moment où elle avait léché le placenta sur ses yeux. Et il comprit alors ce qu'il avait promis de faire.

Il rassembla un tapis de branches d'épicéa cassées et les plaça sur les os et restes parcheminés de la femme, puis il porta le tout au sommet de la montagne. Là, il souleva des pierres et creusa la terre avec ses griffes, et il déposa la couverture dans cette terre entre une table de pierre et un bloc de quatre murs. Quand il eut terminé, la terre et les éclats de pierre qu'il avait exhumés recouvraient à peine le sac de bois dans lequel reposait la vieille femme et ne formaient qu'une piètre protection, pour une tombe. C'est là qu'il remarqua la saillie rocheuse près du sommet, qui ressemblait vaguement à la tête fissurée et érodée de ceux de ses semblables qu'il avait rencontrés dans ses voyages. Il se rendit jusqu'à elle d'un pas tranquille, en fit le tour, puis se dressa sur ses pattes arrière et poussa. La pierre céda et roula de son socle vers les trois tombes. Et l'ours poussa cette stèle sur les quelques mètres qui la séparaient encore de son emplacement au-dessus de la femme qu'il était venu enterrer.

Il faisait nuit depuis longtemps quand il sortit des arbres et s'avança dans la clairière à pas lourds sous la lune descendante. Il pataugea dans le lac, but, puis en ressortit, s'assit dans l'herbe haute, et regarda les étoiles. Il ressentit la fatigue de sa tâche, comme s'il était arrivé à un lieu où fin et début étaient identiques, et que, dans le temps qu'il avait passé sur cette montagne, tout avait changé. Il tendit l'oreille et n'entendit rien. Pas de bruits d'animaux. Pas de murmure d'arbres. Pas de bourdonnement d'insectes. Pas de clapotis de vagues. Un silence aussi froid et étrange à ses yeux que l'hiver. Il se demandait depuis combien de temps il était assis là, et si, pour un bref instant, la terre s'était immobilisée, quand les feuilles de la forêt se mirent à bruire, et le gémissement spectral d'un plongeon huard flotta sur la surface de l'eau. Il se leva, s'étira et s'orienta de façon à ce que la Grande Ourse se trouve au-dessus de son épaule droite. Puis il se mit en route, suivant la rive vers l'ouest, avec le ciel qui commençait à pâlir derrière lui comme si le monde lui-même était en train de naître.

13586

Composition
NORD COMPO

Achevé d'imprimer à Barcelone
par CPI BLACKPRINT
le 7 février 2023

Dépôt légal août 2022.
EAN 9782290366318
OTP L21EPLN003210-597572-R2

Éditions J'ai lu
82, rue Saint-Lazare, 75009 Paris

Diffusion France et étranger : Flammarion